faszinierend. Also auch für Leser/Innen geeignet, die nicht auf oben genannte Szene stehen.

Auf jeden Fall empfehlenswert." — Amazon Reviewer

Hart im Nehmen
HEIMLICHE MILLIARDÄRE: CASIMIR
Milliardäre auf der Flucht: Buch 3
Von
Blair Babylon

Ins Deutsche übersetzt von
Carola Beck

Rox hat ein Problem: Was soll eine Karrierefrau tun, wenn sie sich in ihren Freund und Boss verliebt?

Arthur schaute hinter sich zu Maxence, der ruhig und freundlich mit Rox sprach. „Was zur Hölle hast du mit dem armen Mädchen gemacht?"

Casimir steckte eine Hand in seine Hosentasche und schaute zu Boden. „Ich bin innerhalb ihrer fest-gelegten harten Grenzen geblieben, selbst innerhalb ihrer weichen Grenzen. Aber ich war mir nicht bewusst, dass da noch etwas anderes ist, das sie belastet."

„Solche Spielchen sind nichts für Amateure."

„Ich bin kein Amateur."

„Ich weiß, ich weiß." Arthur wedelte mit einer Hand, um ihm zu bedeuten, dass er nur gescherzt hatte.

Casimir spürte, wie er zappelig wurde, eine nervige Angewohnheit, von der er geglaubt hatte, sie überwunden zu haben. „Können wir den Flugplan für heute Abend noch ändern und nach Las Vegas fliegen?"

Arthur schaute ihn mit scharfem Blick an. „Wieso?"

„Weil ich das einfach tun muss."

Arthur packte ihn an der Schulter. „Ich weiß, dass es dir gerade wie eine gute Idee vorkommt …"

„Du weißt nicht, wie es gewesen ist. Du weißt nicht, was sie gesagt hat."

„Es ist egal, was sie gesagt hat. Du weißt, was du tun musst."

„Ich bin draußen. Ich muss mir keine Sorgen mehr darum machen, nie wieder."

„Für den Fall, dass ihnen etwas zustößt, darfst du deinen Platz in der Thronfolge nicht aufgeben."

~

"Diese Story ist der Hammer! Die Charaktere sind der Wahnsinn. So sympathisch rübergekommen und gut gestaltet. Die Handlung finde ich super!! Ich kann diese Story nur empfehlen!!!!!!!!!!" — Misty, Amazon Review

~

"Ich habe die drei teile nun in 1 1/2 Tagen gelesen, ich konnte sie einfach nicht aus der Hand legen!

Die Bücher sind aus drei Perspektiven geschrieben - aus der Sicht von Rae, von Wulf und aus der Sicht des Erzählers. Emotional wird man sehr gut mitgenommen und man will einfach wissen, wie es weitergeht und was hinter den Fassaden steckt. Hier geht es auch um BDSM, aber anders. In den Büchern, die ich bisher gelesen habe, wurde immer wieder der Akt beschrieben, hier wird einem nahe gebracht, wozu das Ganze dient. Dies fand ich

HART IM NEHMEN

Milliardäre auf der Flucht: Buch 3

BLAIR BABYLON

Übersetzt von
CAROLA BECK

Malachite Publishing LLC

ALSO BY BLAIR BABYLON

Blair Babylon's Bücher von Deutsche

(Deutsche übersetzt von Carola Beck)

Heimliche Milliardäre: Casimir

Harte Arbeit

Harte Zeiten

Hart im Nehmen

Heimliche Milliardäre

Rae im freien Fall

Rae in Ketten

Rae im Höhenflug

Milliardenschweres Glück

Registrieren Sie sich hier für Blair Babylons E-Mail-Liste!

https://www.subscribepage.com/blairde

im Webbrowser deiner Wahl.

INHALT

HART IM NEHMEN

Milliardäre auf der Flucht: Buch 3

BLAIR BABYLON

Übersetzt von
CAROLA BECK

Malachite Publishing LLC

Kapitel Eins

DAS DEVILHOUSE

Rox folgte Cash durch die weißen Korridore und versuchte nicht so auszusehen, als würde sie jedes noch so kleine Detail im Sexclub anstarren.

Der Flur und die Türen sahen so gewöhnlich aus, so büromäßig, nur die Decke befand sich viel höher über ihren Köpfen als es in einem gewöhnlichen Bürogebäude der Fall gewesen wäre. Auch die Lampen hingen höher als normalerweise an den Wänden.

Oh, hohe Decken.

Als Arthur und Maxence über „hohe Decken" gescherzt hatten, hatten sie gemeint, dass Cash viel über *Sexclubs* wusste. Sie mussten alle hohe Decken haben.

Sie kicherte.

Cash drehte den Kopf zu ihr um. „Was?"

„Nichts", meinte sie grinsend.

Er hob eine Augenbraue, ging jedoch weiter.

Schließlich blieb Cash vor einer Tür stehen, öffnete sie und hielt sie für Rox auf.

Sie ging hinein und trat zur Seite, blieb nah an der Wand. Heiße Luft waberte um sie herum.

Seltsam, dass es hier drin so warm war. Ihr Kostüm fühlte sich in dem kleinen Raum nach zu vielen Schichten Kleidung an. Jeder, der hier drinnen normale Klamotten trug, würde alles innerhalb kürzester Zeit durchschwitzen.

Oh.

Jetzt verstand sie es.

Offensichtlich waren sie durch die Hintertür des Verlieses reingekommen, weil das Erste, was Rox sah, nachdem sich ihre Augen an das dämmrige Licht gewöhnt hatten, eine riesige geschnitzte Tür am anderen Ende des Zimmers war, die wie das Tor zur Hölle aussah.

Cash schloss die Tür hinter ihnen. Als Rox sich umdrehte, sah sie, dass die Tür getarnt war, so angestrichen, dass sie mit der Steinwand verschmolz. Die in orangener Farbe glühenden Wandleuchter imitierten den Schein von Pechfackeln.

Und dann waren da noch einige Gerätschaften im Zimmer verteilt, eigenartige skelettartige Konstruktionen, wie seltsame Fitnessstudiogeräte ohne Gewichte.

Ihre Arme erwärmten sich, und sie bemerkte, dass Cash direkt hinter ihr stand und sie berührte.

„Ich weiß nicht, wie irgendwas von dem Zeug hier funktioniert", sagte sie.

Cash fuhr mit den Händen an ihrem Hals hoch. „Ich weiß es."

Seine Stimme war eine halbe Oktave tiefer als

sonst und in ihr schwang eine gewisse Ruhe, eine unerschütterliche Entschlossenheit mit.

Sie räusperte sich. „Irgendwie beruhigt mich das nicht."

„Das sollte es." Er streichelte über ihren Nacken. „Dilettanten verletzen sich an solchen Orten. Bei mir bist du sicher."

„Bin ich das?"

„Bei mir bist du immer sicher."

„Ich habe etwas Angst", gab sie zu.

Er schlang von hinten seine Arme um sie. „Wir können gehen. Wir können mit dem Dom etwas trinken und auf Arthur und Maxence warten."

„Gib mir eine Minute."

Die schwarzen Eisen- und Silberkonstruktionen ragten hoch in die Luft auf, schimmerten auf eine düstere Art. Seile, Peitschen und andere mit Stacheln versehene Folterinstrumente aus Metall hingen in Glasvitrinen.

Rox verschränkte die Hände vor ihrem Körper. „Willst du mir wehtun?"

„Nein."

„Diese Sachen dort drüben sehen aus, als wären sie dazu da, um anderen Schmerz zuzufügen."

„Darum geht es nicht", meinte er. „Solang nicht beide darauf stehen, sollte man seinen Partner nicht aus bloßem Spaß an der Freude verletzen."

„Und du stehst darauf, andere Menschen zu verletzen?"

„Nein. Ich mag keinen Sadismus oder Masochismus. Alles, was hier getan wird, sollte die Sinne der anderen Person sensibilisieren, sodass die Lust, wenn sie kommt – und das sollte sie – umso süßer und intensiver ist."

3

Grausame Peitschen, Fesseln, Ketten und Metallstangen füllten das Zimmer. „Allein das alles zu sehen, macht mich ganz verrückt."

Cash drehte sie sanft um, sodass sie mit dem Gesicht zur Wand stand. „Dann schau nicht hin."

„Das bedeutet nicht, dass der ganze Kram plötzlich verschwindet. Auch wenn ich es nicht länger sehe, ist es trotzdem noch da. Nur weil man die Augen vor etwas verschließt, heißt das noch lange nicht, dass es nicht passieren wird."

Er drückte ihre Schultern, bewegte sie näher auf die Wand zu und blockierte dann ihre Sicht auf das Zimmer mit seinen breiten Schultern. „Aber das meiste davon hat nichts mit dir zu tun. An deinem ersten Tag bei Arbeitman, Silverman und Amsberg habe ich dir auch keinen Papierstapel mit Verträgen in die Hände gedrückt und dir gesagt, dass du diese bis zum nächsten Morgen fertig kommentiert haben sollst."

Sie nickte. „Wir haben uns zusammen an einen Tisch gesetzt und einige Verträge durchgesehen. Du hast mit mir über wichtige Paragraphen gesprochen und mir erklärt, wie ich damit arbeiten soll."

„Und wie hast du dich danach gefühlt?"

„Selbstbewusst", sagte sie und schloss die Augen, als sie sich daran zurückerinnerte. Er hatte sie den ganzen Tag lang mit seinen umwerfend grünen Augen betrachtet, sanft mit ihr gesprochen und gelächelt, wenn sie etwas anzumerken hatte. „Als wüsste ich, was zu tun sei und wie man es macht."

„Sicher", wisperte er.

„Ja." Ihre Stimme war so atemlos, als hätte er sie hypnotisiert.

„Ich sorge immer dafür, dass du sicher bist."

Körperlich, ja.

Auf der Arbeit, absolut.

Sie nickte, vergrub alle Ausnahmen tief in sich.

Sein Atem strich über ihren Nacken, und der Zimt- und Moschusduft seines Parfüms umgab sie. „In deinem Leben kümmerst du dich sonst immer um alle anderen und bist für alles verantwortlich."

„Ja. Ich bin erwachsen. Das ist es, was Erwachsene tun."

„Überlass die Verantwortung für ein paar Stunden mir."

„*Was?*" *Das* jagte ihr eine Heidenangst ein.

„Überlass mir alles. Mach dir keine Sorgen. Denk an nichts. Plane nichts. Organisiere nichts. Leg all deine Verantwortungen und Ängste ab. *Fühle* einfach nur für die nächsten paar Stunden."

Er nahm ihre Hände und hob sie über ihren Kopf an die Wand, presste sie mit den Handflächen gegen den kalten Stein.

„Das klingt so altmodisch, so …" Verflixt, ihr fiel das richtige Wort nicht ein, nicht wenn sein schwerer Körper ihren Rücken wärmte und sie gegen die Wand drückte. „Lass den Mann mit dir tun, was immer er will. Lieg still da und denk an England."

Er lachte leise. „Du wirst nicht in der Lage sein, still dazuliegen, das versichere ich dir."

„Das klingt, als würdest du die ganze Arbeit tun. Dinge planen."

„Das werde ich."

„Als würdest du die ganze Kontrolle haben."

„Ja. Genau darum geht es." Seine warmen Lippen legten sich auf die Stelle, wo ihr Hals in ihre Schulter überging. „*Atme.*" Er fuhr mit seinen Händen an ihren Armen hoch und presste ihre

Hände wieder flach gegen die Wand. „Vertrau mir."

Ein Zittern begann tief in ihrer Brust. „Dir vertrauen?"

„Schließ die Augen. Atme."

„Woher weiß ich, dass du mich nicht einfach fesseln und hilflos hier zurücklassen wirst?"

„Du wirst mir vertrauen müssen."

Rox saugte ihre Unterlippe in den Mund und knabberte daran.

„Habe ich dein Vertrauen in den drei Jahren, die wir uns kennen, jemals missbraucht? War ich jemals nicht für dich da, wenn du mich gebraucht hast?"

„Du hast einen Haufen anderer Frauen flachgelegt." Ihr Tonfall war etwas trockener, als sie beabsichtigt hatte.

„Du warst verheiratet, oder hast zumindest gesagt, dass du das wärst. Das kannst du mir nicht vorwerfen."

„Ja, nun, das ..." Deshalb war sie nicht die Rechtsassistentin eines Prozessanwaltes. Ihre Argumentation wurde unsinnig, wenn sie so aufgebracht war.

„Es hat mich fast umgebracht, so sehr musste ich mich anstrengen, die Finger von dir zu lassen und dich nicht zu verführen, dein Ehegelübde zu brechen", sagte er.

Er hielt wohl sehr viel von sich selbst, wenn er davon ausging, dass sie einfach so ihr fiktives Ehegelübde gebrochen hätte, wenn er sie mit dem kleinen Finger zu sich gewunken hätte.

Und dennoch, sobald er sie auf der Veranda in seine Arme geschlossen hatte, war sie seinem Charme erlegen.

„Ja, all diese Frauen zu vögeln muss hart für dich gewesen sein", erwiderte sie. „Armes Baby."

Seine tiefe Stimme vibrierte nah an ihrer Haut „Aber ich war immer da, wenn du mich gebraucht hast, was immer auch passiert war. Zusammen haben wir einen Mann in Athen bekämpft, der dir wehtun wollte."

Ein riesiger Mann hatte sie gepackt, gegen eine Wand gedrückt und ihre Brüste begrapscht. Sie hatte ihm ihr Knie in die Eier gerammt, aber der Kerl war nicht zu Boden gegangen. Wenn überhaupt, hatte es ihn nur wütender gemacht, und von dem Alkohol in seinem Atem war ihr schwindelig geworden. Cash hatte ihn herumgewirbelt und mit einem heftigen Schlag gegen den Kiefer umgehauen.

„Ähm, ja", sagte sie.

„Und ich habe dich durch diesen Fluss in Brasilien getragen."

„Ich konnte nicht glauben, dass die anderen Anwälte auf diese Wanderung bestanden haben. Die Strömung war zu stark. Ich konnte mich nicht auf den Beinen halten. Aus *solcher* Nähe hätte ich Stings Regenwald gar nicht sehen brauchen."

„Ich war immer da, wenn du mich gebraucht hast. Ich habe dich immer beschützt und dafür gesorgt, dass du sicher bist. Das werde ich heute Abend auch."

Sie schien beim Einatmen nicht genug Luft in ihre Lunge ziehen zu können. „Aber was, wenn du das nicht kannst? Was, wenn etwas passiert? Was, wenn sich herausstellt, dass ich allergisch gegen Nylon oder sonst was bin, woraus diese Seile gemacht sind?"

Gewundene Seilstränge hingen in einer Glasvitrine, sortiert nach Farbe und Dicke. Sie erinnerten Rox an die Strickgarnsammlung ihrer Großtante, auch wenn sie gleichzeitig so völlig anders und befremdlich waren.

„Du diskutierst nur, um zu diskutieren", wisperte er. „Zuerst hat du versucht, mit dem Gesetz zu argumentieren, gemeint, dass die zugrundeliegende Theorie regressiv sei …"

Ja, *regressiv*. Das war das Wort gewesen, nach dem sie gesucht hatte, verflixt. Natürlich wusste der europäische Kerl, der hochtrabendes Englisch für den wortreichen Zulassungstest für Juristen gelernt hatte, das Zwanzig-Dollar-Wort.

„… aber ich habe deine Logik widerlegt. Dann hast du über die Fakten des Falles argumentiert, gemeint, dass du mir nicht vertrauen könntest. Als ich das mit konkreten Beispielen entkräftet habe, hast du angefangen um des Diskutierens willen zu diskutierten, mit wenig aussagekräftigen Spekulationen über die allergenen Beschaffenheiten der Seile um dich geworfen."

Er lachte leise an ihrem Hals, dann knabberte er mit den Zähnen leicht an ihrer Haut. Ein Schauer fuhr durch Rox hindurch, und sie ließ den Kopf nach hinten gegen seine starke Schulter fallen.

Seine Hände lagen auf ihren, hoch über ihrem Kopf an die Wand gepresst.

„Du musst dich entscheiden: Du hast gesagt, du möchtest, dass ich dir zeige, was in diesen Clubs passiert. Du wirst alle Verantwortung und Kontrolle an mich abgeben. Du wirst darauf vertrauen, dass ich dich kenne, dass ich es richtig tun und aufhören werde, falls das nötig sein sollte."

Das erschien ihr sehr viel verlangt, aber dennoch

war der Gedanke, all ihre Bürden für ein paar Stunden abzulegen, unsagbar attraktiv. „Okay."

Seine Stimme an ihrem Hals war kaum mehr als ein Wispern. „Du musst sagen: ‚Ich unterwerfe mich'."

Sie atmete scharf ein, um gegen diese Worte aufzubegehren, aber er hatte recht. Sie diskutierte nur um des Diskutierens willen.

Rox schluckte ihre Sorgen zusammen mit dem Kloß in ihrer Kehle herunter und zwang die Worte heraus: „Ich unterwerfe mich."

Er strich mit den Händen über ihre Haut und schloss sie in seine Arme. „Ich danke dir. Es ist ein Geschenk, dass du mir die Kontrolle überlässt."

Sie nickte, fühlte sich in seinen kräftigen Armen kleiner und hilfloser als je zuvor. Seine Bizepse pressten gegen ihre Oberarme, wirkten größer, kraftvoller, als könnte er ihren schwächeren Körper packen und sie in winzige Stücke zerbrechen, falls ihm danach war.

„Du musst ein Safeword wählen", sagte er.

„Ich weiß nicht, was das ist. Ich weiß nichts über all das hier." Ihre Stimme war vor Nervosität immer noch etwas höher als sonst.

„Es ist ein Signalwort, das du sagst, wenn du überwältigt bist und willst, dass ich sofort mit allem aufhöre und dich losmache", erklärte er.

„Oh, okay. Das klingt fair." Ihre Stimme wirkte schon etwas fester.

„Du musst eins auswählen."

„Kannst du nicht einfach eins festlegen?"

„Nein. Du musst das tun."

„Okay. Ähm ... *Caveat?*"

„Das lateinische Wort für Warnung. Eine exzellente Wahl. Hättest du auch gern ein Wort, das bedeutet, dass du dich etwas unwohl fühlst und dass ich zwar nicht aufhören, aber vorsichtiger sein oder ändern sollte, was ich tue?"

„Ja. Ja, das klingt nach einer guten Idee."

„Und was wäre das?" Sie konnte das Lächeln in seiner Stimme hören.

„*Sub modo*", sagte sie.

„*Sub modo*, einen Vertrag mit der Zustimmung aller Parteien ändern. Gut. Jetzt dreh dich um." Er trat weit genug zurück, dass sie seiner Aufforderung nachkommen konnte.

Rox drehte sich um, aber er stand immer noch nah bei ihr. Die kalte Steinwand war direkt hinter ihr und sie lehnte sich dagegen. Kälte drang durch ihre Kleidung und wanderte wie ein Geist an ihrer Wirbelsäule und ihrem Hintern entlang.

„Gut." Er berührte ihr Kinn, hob ihr Gesicht mit seinen Fingern an.

Er positionierte ihren Kopf dort, wo er ihn haben wollte, neigte ihr Gesicht leicht nach rechts.

Diese Art von Kontrolle, dieses Mikromanagement, fühlte sich fremd an. Sie war daran gewöhnt, andere Leute zu managen. Sie war es gewöhnt, *mit* ihm zu arbeiten.

Diese Verletzlichkeit fühlte sich wie eine Invasion ihres Geistes an.

Er küsste sie sanft, beinahe liebevoll.

Sie sollte wirklich nicht so etwas wie *liebevoll* denken. Wie Wren gesagt hatte, Cash ging es um Spiel und Spaß. Diese Kontrollsache, diese Dominanz-Unterwerfungskiste musste nur ein weiteres Spiel für ihn sein.

Seine Lippen liebkosten ihre, und sie schmolz dahin.

Er drängte sie mit seinem Mund zurück, stützte sich mit einer Hand hinter ihr an der Wand ab und presste seinen Körper gegen ihren. Glücklicherweise trug sie immer noch High Heels, sodass er sich nicht lächerlich weit runterbeugen musste.

Ihre Hände hoben sich, fanden zuerst die starken Muskelstränge seiner Taille, dann die glatten Rundungen seiner Brustmuskeln und Schultern.

Heute Abend küsste er sie anders.

Normalerweise, oder zumindest wenn er sie vorher geküsst hatte, hatte sein Mund sie praktisch verschlungen, ein Ausdruck von Leidenschaft und Lust. Es war erst ein paar Wochen her, seit er sie das erste Mal in seinem Schlafzimmer geküsst hatte, als sie versucht hatte, ihm den Verband von der Wange zu reißen.

Heute Abend liebkosten seine Lippen ihre, saugten sanft an ihrer Unterlippe, und seine Zunge streichelte ihre, aber es wirkte alles intentional, kalkuliert. Der Verband an seiner Wange strich kein einziges Mal über ihr Gesicht.

Er fuhr an ihren Armen zu ihren Handgelenken hoch und nahm ihre Hände von seinem Hals, bewegte sie an ihre Seiten und presste sie gegen ihre Oberschenkel.

„Ich will …", begann sie, während ihre Lippen immer noch auf seinen lagen.

„Lass mich", knurrte er.

Er hielt ihre Hände an ihren weichen Oberschenkeln fest und küsste sie, sein Mund wanderte zu ihrem Kiefer und ihrer Schulter, kehrte dann aber zu ihren Lippen zurück.

Sie wollte ihre Arme um ihn legen. Sie wollte ihn berühren und endlich über diese Tattoos lecken, die sich über seine linke Seite zogen, von seiner muskulösen Schulter zu seinem sehnigen Oberschenkel.

Seine breite Brust drängte sich gegen sie, presste sie gegen die Wand. Kälte stahl sich durch ihre Bluse, kühlte ihren Rücken und ihren Hintern.

Er trat zurück und zog sie mit sich, führte sie mit seinen Händen und Lippen.

Sie folgte ihm blind.

In der Mitte des Zimmers legte Cash ihr eine Hand auf die Schulter und ließ sie stehenbleiben. „Ich werde dich jetzt ausziehen."

Sie nickte, auch wenn sie so ein Gefühl hatte, dass das gar nicht nötig gewesen wäre.

Er zog zuerst sich selbst aus, knöpfte den Kragen seines Frackhemdes auf und zog es sich mitsamt seines Unterhemdes über den Kopf, enthüllte die dunklen Flammen des Tattoos auf seiner linken Körperseite und die drei Schilde auf seinem rechten Unterarm. Währenddessen bewegten sich all diese dicken Muskelschichten unter seiner Haut, als würden sie tanzen. Er drückte den Verband zurück an seine Wange, nachdem das Hemd sich daran verfangen hatte.

Rox versuchte nicht so auszusehen, als würde sie ihn anstarren, aber das tat sie. Als er die Ärmel an seinen Armen runterzog und seine dicken Unterarme mit einem dünnen Flaum brauner Haare entblößte, konnte sie nicht wegsehen. Dunkle Tattooflammen zogen sich über die Haut an seinem linken Arm hinunter und bedeckten das umgekehrte Dreieck seiner Leistenmuskeln über seinem Hosenbund.

Er warf sein Hemd zu Boden und wandte sich wieder ihr zu. Seine Hände hoben sich zu ihrer Kostümjacke.

Für heute hatte sie eigentlich nur ein Meeting im Büro und ein nettes, ruhiges Abendessen mit Maxence und Arthur geplant. Wie war sie nur an Bord eines Privatjets und dann in einem Sexclub in einem anderen Staat gelandet?

Vollkommener Wahnsinn.

Cash fuhr mit seinen Händen über ihre Schultern, schob dabei ihre Jacke zurück und an ihren Armen hinunter. Er fing sie auf, bevor sie ganz runterfiel, und legte sie über die Querstange eines Gerätes, das wie ein Klimmzugturm im Fitnessstudio aussah.

Er ging um sie herum, als würde er sie prüfend mustern, aber seine Hände hoben sich immer wieder, um sie zu berühren, um ihre nackten Arme oder ihren Nacken zu berühren.

Als er schließlich wieder vor ihr stehenblieb, griff er nach dem Saum ihrer Bluse, glitt mit den Fingern darunter und berührte ihre Taille, bevor er ihr das Oberteil über den Kopf zog.

Sein Blick senkte sich, bemerkte den hellblauen Seiden-BH, den sie trug. „Der gefällt mir sehr."

„Du hast ihn heute schon gesehen. Hast du den Anblick nicht bereits satt?"

Er legte ihr einen Finger auf die Lippen. „Kein Reden mehr, außer um dein Safeword zu sagen."

„*Wie bit…*"

„Kein Reden." Ein boshaftes Funkeln erhellte seine grünen Augen. „Oder ich werde dich übers Knie legen und dir den Hintern versohlen."

Ihre Kinnlade klappte runter. „Das würdest du nicht tun."

Sein Lächeln wurde etwas breiter. „Legst du es darauf an, dass ich dir den Hintern versohle?"

Rox spürte, wie ihr Atem in ihrer Brust stockte, und sie schüttelte mit dem Kopf.

„Dann lass uns dieses nicht Spiel spielen." Er ging um sie herum und öffnete den Knopf hinten an ihrem Rock. Seine warmen Finger glitten unter ihren Bund und ihr Rock lockerte sich, als er den Reißverschluss aufzog. Der Stoff fiel zu Boden, entblößte ihren zum BH passenden blauen Seidenslip.

Sie spürte, wie er mit seinen Fingern über ihre Hüfte strich, leicht über die Spitze rieb, die sich über ihre Haut spannte.

„Steig aus dem Rock."

Sie kam seiner Anweisung nach, trug immer noch ihre High Heels und sonst nur noch ihre Dessous.

Hinter ihr atmete Cash hörbar ein.

Wärme bedeckte ihren Rücken, und er wisperte nah an ihrem Ohr: „Danke, dass du mir erlaubst, das hier zu tun."

Etwas, das sich wie Freude anfühlte, durchflutete sie. Sie nickte.

Cash fuhr mit den Händen von ihren Schultern zu ihren Hüften runter und zog sie an sich, strich mit den Fingern über ihre Haut.

„Ich liebe es, wie weich deine Haut ist", wisperte er.

Rox lehnte sich gegen ihn, entspannte sich in seiner Massage.

Cashs starke Handflächen streichelten sie, glitten

von ihren Schultern über ihre Arme hinunter und umkreisen dann ihre Taille. Er rieb an ihren Hüften hinunter, tanzte beinahe mit ihr, aber eine Hand wanderte nach oben, um ihre Brust über dem dünnen BH zu umfassen. Obwohl er riesige Hände hatte, quoll ihre üppige Oberweite zwischen seinen Fingern hervor.

Seine andere Hand stahl sich tiefer, streichelte über ihrem Slip leicht über ihre Falten.

Rox seufzte und ließ ihren Kopf gegen seine Schulter zurückfallen.

„So ist es gut, *lieveke*. Entspann dich. Lass mich dich halten."

Er krümmte seine Finger um ihre Brust herum, zog fast an ihr, aber er war zu sanft, als dass es wehgetan hätte.

Mit jedem Zupacken glitt seine Hand tiefer an ihrer Brust hinab, bis er mit den Fingern über ihren Nippel strich, und sie streckte sich, drückte sich seiner Hand entgegen.

„Beweg dich nicht", wisperte er. „Steh einfach still. Spür mich."

Rox versuchte zu tun, was er wollte. Sie versuchte es wirklich. Seine Hände liebkosten ihre Haut, packten besitzergreifend ihr Fleisch, als würde er alles von ihr an sich ziehen. Seine Fingerspitzen strichen über ihre Klitoris, und obwohl er sie nur über der Seide ihres Slips berührte, bahnte sich ein Schauer in ihrem Inneren an.

Sie stöhnte.

„Pst", wisperte er an ihrem Hals, und sein Atem strich über ihre Schulter.

Er wanderte mit einer Hand zu ihrem Rücken, um ihren BH aufzumachen. Die Träger rutschten über ihre Arme. Er fing den BH auf und warf ihn zu dem wachsenden Kleiderhaufen auf dem Fliesenboden. Beide seiner Hände liebkosten ihre Hüften, schlüpften unter die Spitze ihres Slips und zerrten ihn an ihren Oberschenkeln runter, bis er runterrutschte.

„Steig aus ihm raus."

Sie hob die Füße, die Absätze ihrer High Heels klackerten auf dem rauen Boden. Cash fegte den Slip mit einem Fuß zu den restlichen Klamotten.

Seine Hände wanderten jetzt über ihre nackte Haut, liebkosten und kniffen beinahe ihre Nippel und Klitoris, immer kurz davor, ihr wehzutun, gingen aber nie ganz so weit, blieben bei der intensiven Empfindung. Sie schwankte auf ihren hohen Pumps, das Einzige, was sie noch trug.

Ein Zwicken in ihre beiden Nippel ließ Lust durch sie hindurchzucken, und ihre Knie gaben nach. Sie fing sich wieder, aber seine Arme schlangen sich bereits um sie und er hob sie an seine nackte Brust hoch.

Sie wollte nach seinem Hals greifen, aber Cash schüttelte den Kopf. Rox verschränkte ihre zu Fäusten geballten Hände vor ihrer nackten Brust, und er hielt ihr volles Gewicht in seinen Armen. Er trug sie so mühelos, als wäre sie ein kleines Kätzchen, schaute ihr die ganze Zeit über in die Augen. Das dämmrige, goldene Licht färbte seine Augen zu einem ungewöhnlich dunklen Grün.

Leidenschaft summte in ihrem Blut, aber so getragen zu werden, gab ihr das Gefühl, klein und *hilflos* zu sein. Sie lehnte den Kopf an seine Schulter, suchte seine Nähe.

Er senkte sie ab, und ihr nackter Hintern

berührte etwas Gepolstertes. Sie hielt sich nicht an seinem Hals fest, also musste sie auch nicht loslassen, aber sie rückte ihren Körper zurecht, als seine Arme sich zurückzogen.

Cash streichelte über ihre Wange, schaute ihr dabei immer noch in die Augen. „Leg dich zurück."

Sie berührte die Sitzbank neben ihren Oberschenkeln. Ihre Finger ertasteten Stangen an beiden Seiten der Bank, und sie hielt sich daran fest, während sie sich zurücklehnte. Cash beobachtete sie lächelnd, schien gutzuheißen, was sie tat.

Das bankähnliche Ding erhob sich hinter ihrem unteren Rücken, aber als sie sich weiter zurücklehnte, senkte es sich hinter ihr wieder ab.

Rox schaute unsicher hinter sich.

Die Bank spannte sich bogenförmig wie eine Brücke, sodass ihr Rücken sich wölben würde, wenn sie darauf lag. Zwischen ihren Beinen war die Sitzfläche der Bank weggeschnitten, sodass jemand dort stehen könnte. Zumindest hatte der Hersteller das Konstrukt durchdacht.

Als sie den Kopf wieder zurückdrehte, befanden sich Cashs Augen nur wenige Zentimeter vor ihren. Er hatte sich über sie gebeugt und stützte sich auf den Balken ab, um sie aus nächster Nähe anzustarren. Der weiße Verband an seiner linken Wange glühte in dem flackernden Licht. „Leg dich hin."

„Okay." Ihre Stimme zitterte etwas, aber sie folgte seiner Anweisung, streckte den Hals, während sie sich auf der Bank hinlegte. Das Lederpolster kühlte ihren nackten Rücken. Ihre Beine hingen über der Kante, daher stellte sie ihre in High Heels steckenden Füße auf den Fliesenboden. Ihr Kopf fiel zurück. Blut rauschte pochend hinter ihren

Augen, und sie schaute über ihre Brüste hinweg zu ihm auf.

Cash lehnte immer noch über ihr, sah zu, wie sie sich ausstreckte. Sein Blick wanderte nach unten, zu ihren Brüsten und ihrer Taille, und ein Funkeln stahl sich in seine grünen Augen. Während er auf ihren Körper runterschaute, saugte er eine Seite seiner Unterlippe in den Mund und biss auf sie drauf.

Wow.

Als er ihr in die Augen sah, reichte sein Grinsen bis zu seinen Augen, und er beugte sich nach unten, um ihren Bauch zu küssen, schaute dabei nicht weg.

Ohne nachzudenken, hob sie den Arm und nahm seine Wange in ihre Hand.

Er drehte den Kopf und küsste ihren Handballen, aber dann griff er nach ihrem Handgelenk und hob es hoch. „Ich habe gesagt, dass du mich nicht anfassen sollst."

Er erhob sich und ging um sie herum, hielt ihren Arm weiterhin fest und drückte ihre Hand dann gegen die Stange über ihrem Kopf.

„Halt dich daran fest", sagte er und schaute ihr wieder in die Augen. „Lass nicht los. Bleib genau so."

Sie nickte und hielt sich mit beiden Händen an der kalten Stange fest.

Cash lief zu einer der Vitrinen rüber, die mit gewundenen Seilsträngen gefüllt war.

Rox sah ihm hinterher. Das Licht von den Wandleuchtern schien auf seine nackten Schultern und seinen muskulösen Rücken. Sein knackiger Hintern straffte sich beim Gehen unter seiner Anzughose. Sie hatte diesen Hintern seit Jahren beobachtet, hatte nach ihm greifen wollen. Jetzt, wo sie ihn in den Händen gehabt hatte, wusste sie, dass er tatsächlich so steinhart war, wie er unter dem dünnen Stoff aussah, der eng an seinen runden Pobacken saß.

In der Glasvitrine, die voller Seile war, wanderten seine Finger über die kleineren Knoten in der obersten Reihe. Die hellen Stränge schwankten, als er sie berührte. Er wählte zwei scharlachrote Seile aus, hob sie von den Haken und ging mit ihnen in der Hand zurück zu Rox.

Er stand hinter ihrem Kopf, und sie sah zu, wie er die Seile aufwickelte.

Sie presste die Lippen aufeinander, um nicht zu fragen, was zum Geier er vorhatte.

„Hast du etwas zu sagen?", fragte er.

Rox schüttelte den Kopf. Sie würde nicht von ihrem Safeword Gebrauch machen.

Aber sie würde gerne fragen, was er mit den Seilen vorhatte.

Auf die Antwort musste sie nicht lange warten.

Er fesselte ihre Handgelenke an die eisernen Schlaufen, die oberhalb ihrer Ohren auf beiden Seiten der Bank heraustraten.

Als er fertig war, ging er zu ihren Füßen herum.

Die Seile blieben zwar stramm, als Rox ihre Hände drehte, aber sie zogen sich nicht enger zusammen. Wenn sie ihre Hände schlaff hängen ließ, konnte sie die Seile nicht einmal großartig spüren.

Als er an ihren Füßen angekommen war, hob Cash ihre Fußgelenke hoch und brachte sie dazu, die Knie zu beugen. Dann spreizte er sanft ihre Oberschenkel, bis sie eine Art Fußstütze unter ihren Schuhen spürte. Er fesselte ihre Fußgelenke an weitere Eisenschlaufen, die ihr vorher gar nicht aufgefallen waren.

Rox fühlte sich sehr, *sehr* hilflos. Sie schluckte schwer und unterdrückte den Anflug von Panik, der in ihre Kehle aufgestiegen war.

Cash fuhr mit den Händen an ihren Beinen und Oberschenkeln hoch, streichelte sie.

Rox schaute zur Decke auf, zwang ihre heißen Augen dazu, trocken zu bleiben. Wenn sie auch nur eine Träne herauskullern ließe, würde er das sehen, und sie wollte nicht, dass er das sah. So schwach war sie nicht.

Seine Hände, die ihr Fleisch kneteten und rieben, fühlten sich auf ihren Beinen unsagbar gut an.

„Du bist verspannt", meinte er.

Was du nicht sagst. Sie bewegte die Beine etwas, so viel, wie die Fesseln es ihr erlaubten.

„Gib für heute Nacht all deine Verantwortungen und deine Kontrolle auf", sagte er. „Mach dir keine Sorgen. Lass es alles los. Ich werde mich um alles kümmern, *lieveke*. Ich werde mich um *dich* kümmern."

Sie sollte es versuchen.

Rox' Körper streckte sich auf der Bank, als ihre Arme und Beine sich entspannten.

Cash lachte leise, während er ihre Beine massierte und zu ihren Seiten hochwanderte. „So ist es besser."

Rox drehte ihre Hände in den Seilen und stellte fest, dass sie die Eisenschlaufen erreichen konnte. Sie umklammerte sie wie Haltegriffe.

Seine Hände fuhren über ihre Beine, massierten ihre Waden und die Oberseite ihrer Füße. Da ihr

Kopf am anderen Ende der Bank runterhing, konnte sie ihn nicht sehen, außer sie drückte sich mit ihren gefesselten Handgelenken hoch. Als sie das versuchte, wurden ihre Arme schnell schwer. Es war anstrengend, sich aufzurichten, und ihre Bauchmuskeln begannen innerhalb von Sekunden zu zittern.

Rox legte sich zurück, während seine Hände über ihre Haut wanderten.

Seine starken Finger liebkosten ihre Oberschenkel, kneteten die Anspannung aus ihnen heraus. Mit jeder weiteren Berührung entspannte sich ihr Körper mehr, bis seine Hände schließlich begannen, weiter an ihren Beinen hochzuwandern.

Jede kreisende Bewegung seiner Finger brachte ihn näher an ihre Körpermitte heran.

Sie begann, jede Liebkosung zu erwarten, spürte, wie seine großen, starken Hände ihre Beine kneteten, sich an ihrem Fleisch hocharbeiteten, und sie schloss die Augen.

Seine Hände glitten weiter hoch, und diesmal strich er mit den Fingern über ihre Schamlippen.

Ihr Körper fühlte sich noch immer so an wie in dem Moment, als er sie in den Armen gehalten hatte, war immer noch empfindlich durch seine Berührung, und Lust durchzuckte sie.

Sie wölbte sich von der Bank, und sein leises Lachen schwebte durch die Luft zu ihr rüber.

Seine Hände umfassten ihre inneren Oberschenkel fester, massierten sie, und seine Daumen teilten ihre Falten, berührten sie kaum. Er gab ihr nur die kleinsten Berührungen, obwohl sie sich nach mehr verzehrte.

Als sie seufzte und dann stöhnte, berührte er sie mehr, streichelte sie mehr, *neckte* sie mehr.

Einer seiner Daumen rieb in einer engen, kreisförmigen Bewegung über ihre Klitoris, woraufhin sich ihr Körper zusammenzog. Sein anderer Daumen schob sich in sie hinein, rieb sie *dort*, mit jedem Stoß tiefer.

Sie wimmerte und ballte ihre Hände an den Eisenschlaufen zu Fäusten.

Ihr Körper verkrampfte sich, näherte sich dem Abgrund. Ihre Oberschenkel zitterten, als sie sich wölbte, sie spürte jedes Hineinstoßen. Sein unerbittlicher Rhythmus trieb sie näher und näher auf den Orgasmus zu. Ihr Puls rauschte in ihren Ohren.

So kurz davor.

Seine Hände wurden langsamer, zogen sich zurück und massierten wieder ihre Beine.

Rox öffnete die Augen. „Warum hast du …"

Er lächelte sie über ihre Knie hinweg an. „Kein Reden, oder ich versohle dir den Hintern."

Auch wenn immer noch sein intensives, verschlagenes Lächeln auf seinen Lippen lag, war der Ausdruck in seinen grünen Augen vollkommen ernst.

Ihre Bauchmuskeln begannen wieder zu zittern. Rox legte sich auf die Bank zurück.

Wärme berührte ihre Knie, es war etwas Warmes und Feuchtes.

Sie erhob sich wieder und versuchte, sich mit den Ellenbogen abzustützen, aber sie bekam sie nicht ganz auf die Platte, weil ihre Handgelenke gefesselt waren.

Er hatte seinen Mund auf ihr Knie gepresst, fuhr mit seinen Lippen und seiner Zunge über die Innenseite ihres Oberschenkels. Seine Hand stützte sich auf ihrem anderen Knie ab, sein Unterarm war zu ihr gedreht, sodass sie das Tattoo mit den drei Schilden sehen konnte: das rotweiße Schachbrett, die drei Kronen auf einem blauen Feld und der letzte Schild – der immer ihre Aufmerksamkeit auf sich zog – ein brennender, weißer Löwe vor orangefarbenem Hintergrund.

Trugen nicht die Nationalmannschaften der Niederlande auch die Farbe Orange? Sie meinte, sich von den letzten Olympischen Spielen daran zu erinnern, dass das niederländische Team leuchtende neonorangene Trikots getragen hatte.

Rox sackte schwer atmend nach hinten zurück.

Die Wärme seines Mundes wanderte an der Innenseite ihres Beines hoch, feuchte Wärme strich über ihre Haut und ließ ihren Oberschenkel erzittern, als Cash auf halbem Weg angelangt war.

Dann knabberte er an ihr, ein kurzes Zubeißen, das schmerzte, aber er besänftigte ihre Haut sofort mit seiner Zunge.

Rox antizipierte jedes langsame Lecken und jeden saugenden Kuss, während sein Mund sich an ihrem Bein hocharbeitete. Er legte seine Hand auf ihren anderen Oberschenkel, drückte ihre Beine weiter auseinander, und die warme Luft kühlte die feuchte Haut zwischen ihren Beinen.

Die Wärme seines Mundes kroch an ihrem Oberschenkel hoch, über die weiche Stelle ganz oben, und er leckte über die Vertiefung zwischen ihrem Oberschenkel und ihren Falten, bevor er seinen Mund auf sie legte und sie so langsam leckte, dass es ihr wie eine Ewigkeit erschien, bis er endlich ihre Klitoris erreichte.

Rox umklammerte die Seile an ihren Handgelenken, um nicht von der Bank abzuheben.

Er presste sich auf sie, benutzte seine Zunge und Lippen wie in einem langen, tief eindringenden Zungenkuss. Ihr Körper zitterte, jede Sekunde war eine Folter, in der sie unendlich langsam auf den Orgasmus zurückte. Sie drückte sich mit ihren Schuhabsätzen hoch, hob ihr Becken, und er glitt mit seinen Händen unter ihren Hintern, leckte sie heftiger, tauchte in sie hinein und schleckte über jede empfindliche Stelle, jedes Nervenbündel, einfach *alles*.

Die Eisenschlaufen gruben sich in Rox' Finger, während sie sich an ihnen festklammerte, ihr Atem stockte in ihrer Brust. Es fühlte sich an, als würde ihr Körper sich drehen, unendlich dichter Druck baute sich auf, als die Lust sie umschlang und ihr praktisch die Kehle zuschnürte. Sie schnappte nach Luft, aber ihre Lunge schien keinen Sauerstoff aufzunehmen. *Nur noch ein bisschen.*

Kälte.

Nichts außer Kälte.

Nichts.

Sie schrie durch zusammengebissene Zähne.

Sein Mund hatte ihre Klitoris verlassen, und Cash kletterte über sie. Irgendwann hatte er sich die Hose ausgezogen. Ein kleiner Teil von ihr war beeindruckt von seiner Fähigkeit zum Multitasking, aber sie war zu benommen von dem plötzlichen Verlust seines Mundes auf ihrer Klitoris, um klar zu denken. „Wa…"

Sein Glied lag auf ihrem Bauch, schwer und lang, während sie keuchte. Ihr Körper zitterte durch die so nah geglaubte Erlösung.

„Bitte", wisperte sie.

„Ich will dich mit meinem Mund kommen

lassen, aber ich bin zu gierig", knurrte er. „Ich will in dir sein und spüren, wie du dich um mich herum zusammenziehst. Ich will, dass du meinen Namen an meinen Lippen keuchst. Ich will deinen Körper in meinen Armen spüren, während du dich hilflos windest."

Hilflos.

„Bitte", wisperte sie erschöpft. Ein Schweißtropfen rann von ihrem Haaransatz an ihrem Ohr vorbei und tropfte auf den Boden. Weiterer Schweiß sammelte sich wie Regentropfen auf ihrer Brust und ihrem Bauch.

Er trat zurück – ja, er musste tatsächlich *zurücktreten* – und fuhr mit der dicken Spitze seines Gliedes durch ihre Falten. Ihre Haut war so empfindlich von seiner Hand und seinem Mund, dass sich ihr Körper allein schon davon wölbte, dass er sie rieb. Er beugte sich runter, küsste sanft ihren Oberkörper und ihre Brüste, während er sich in sie presste.

Als er sie ausfüllte – so unendlich langsam – kniff sie die Augen zu und schrie auf, nicht vor Schmerz, aber weil es alles so viel war, zu viel. Sie wollte ihn anflehen, sie hart zu nehmen, sie endlich zu brechen und kommen zu lassen, aber sie war so angeschwollen, dass er sich vorsichtig, langsam seinen Weg in sie hineinbahnen musste.

Als Rox schon glaubte, dass sie den Verstand verlieren oder von seinem bloßen Hineinschieben heftig kommen würde, drückte sich sein Unterleib endlich gegen ihren Körper. Er stöhnte und lehnte schwer atmend seine Stirn an ihr Brustbein. *„Roxanne."*

„Cash", wisperte sie, während ihre Hände sich in den Seilen wanden. *„Bitte."*

Er bewegte sich, stieß langsam in sie rein und raus, rieb am Ende jedes Stoßes über ihre Klitoris. Sie war so kurz davor zu kommen, dass sie bei jedem trägen, tiefen Hineingleiten innerlich pochte und sich zusammenzog, *so kurz davor.*

Während er sich langsam weiterbewegte, glitt er mit seinen Händen über ihre verschwitzten Arme und hielt ihre Handgelenke an die Eisenstangen.

Ein Zittern stieg in ihr hoch, ihre Verzweiflung nach dem erlösenden Orgasmus schlug in Furcht vor der Hilflosigkeit um.

Er hielt sie mit seinen Händen, seinem Körper und den Seilen gefangen, bewegte sich in ihr, wohingegen sie sich nicht bewegen, ihn nicht berühren und vor lauter aufgestauter Sehnsucht kaum richtig atmen konnte, sodass die Welt sich um sie herum verdunkelte.

Jede Bewegung seines Körpers katapultierte sie beinahe über den Abgrund, aber es fühlte sich wie eine Drohung an, als würde er ihr beinahe wehtun, sie beinahe auseinanderreißen.

„*Sub modo!*", schrie sie. „Ich kann das nicht. *Ich kann einfach nicht!*"

Seine Hände waren sofort an ihren Handgelenken, rissen die Seile dort los, und dann griff er nach unten zu ihren Füßen. „Alles ist gut. Ich hab dich. Ich hab dich. Dir geht es gut."

Sie richtete sich auf der gewölbten Bank auf und umklammerte seinen Hals. „Du wirst mir wehtun. Ich will nicht, dass du mir wehtust."

„Ich werde dir nicht wehtun." Er befreite ihre Fußgelenke mit jeweils einem Zug an den Seilen und zog sie dann eng an seine Brust. Ihre Körper waren immer noch miteinander verbunden. „Ich hatte niemals vor, dir wehzutun."

„Doch, das *wirst* du."

Er streichelte mit den Händen über ihre Wirbelsäule und wisperte: „Willst du aufhören?"

Der Druck schnürte ihren Körper an ihrer Taille und zwischen ihren Beinen wie Ketten ein, und sie rieb sich an ihm, war so kurz vor ihrer Erlösung „Bitte hör nicht auf. Tu mir nur nicht weh. Tu mir nicht weh."

Er zog sich etwas zurück, behielt einen Arm um ihre Taille geschlungen und stieß in sie hoch.

Ein urtümlicher Laut stieg tief aus Rox' Kehle auf, und sie hob ihm ihr Becken entgegen, schrie beinahe ihre Frustration heraus.

Er stieß tiefer in sie und rieb dabei über ihre Klitoris, was lustvolle Zuckungen durch ihren Körper schickte. Sie schnappte nach Luft und zog ihn eng an sich.

„Ich würde dir niemals wehtun", knurrte Cash.

Ihr Kopf schwirrte voll herumwirbelnder Leidenschaft und fühlte sich an wie Watte. Ihre Zähne rieben knirschend aufeinander, während ihr Körper sich verkrampfte, *so kurz davor, so kurz.* „Das wirst du", wisperte sie. „Du wirst mir so sehr wehtun. Das ertrage ich nicht."

„Ich werde dir nicht wehtun."

Sie wimmerte und atmete scharf ein, als er erneut in sie stieß. „Für dich ist das alles nur ein amüsantes Spiel, aber mir wirst du das Herz brechen, und ich werde es nicht ertragen können."

Er stieß in sie hoch, presste seinen Körper gegen sie, während der Druck in ihrem Kopf und Körper einen unerträglichen Höhepunkt erreichte.

Ein weiterer harter Stoß.

Und Rox zerbrach.

Sie schrie auf, hielt sich an ihm fest, während erdbebenartige Zuckungen durch sie hindurchfuhren, körperlich und geistig.

Die Wucht der Empfindungen hätte sie umbringen können, wenn Cashs starke Arme sie nicht zusammengehalten hätten, und sie klammerte sich an ihm fest, während sie langsam wieder zu sich selbst zurückfand und die Augen öffnete.

„Ich würde dir niemals wehtun", wisperte er. Seine Arme lagen wie stählerne Bänder um sie herum.

Sie lehnte den Kopf an seine Schulter und schmiegte sich noch enger an ihn. „Ich weiß, dass du das zu allen Mädchen sagst."

Kapitel Zwei

ARTHUR, DIE UNERWARTETE STIMME DER VERNUNFT

Casimir blutete das Herz.

Er wusste, wie es sich anfühlte zu bluten, wie das Leben aus einem heraussickerte. Er hatte es zu viele Male gespürt, und sein Herz schmerzte mit jedem Schlag.

Nach ihrem Orgasmus hatte Rox ganz schlapp in seinen Armen gelegen, so wie er es sich vorgestellt hatte, aber aus den falschen Gründen. Tränen waren über ihre Wangen gekullert, und der Anblick hatte ihn zutiefst erschüttert.

Er hatte sie zu dem kleinen Badezimmer neben dem Hauptspielzimmer getragen und sie in der Dusche gewaschen. Danach hatte er sie angezogen, ihr das Haar gekämmt.

Dabei hatte Rox sich in seinen Händen wie eine zerbrochene Puppe angefühlt.

Er hätte sie niemals ins Devilhouse mitnehmen dürfen. Ihm war nicht klar gewesen, dass sie so emotional verletzlich war. Er hatte nur die nervenstarke, einfallsreiche Rox von der Arbeit gekannt, von all ihren

Verhandlungen und gemeinsamen Reisen, und nicht verstanden, dass Rox nicht wirklich diese Frau war.

Sie war eine Frau, die falsche Eheringe gekauft hatte, um zu verhindern, dass ihr das Herz gebrochen wurde, was sie am Boden zerstören würde.

Auf der Rückfahrt zum Flughafen hielt er sie eng an sich gedrückt, streichelte ihr übers Haar und murmelte beruhigende Worte, während Arthur von der romantischen Komödie plapperte, die er gesehen hatte, und die lustigsten Sprüche daraus zitierte.

Am Flughafen führte Casimir Rox in das private Terminal hinein. Hinter der Glasfront, die auf die Rollbahn hinausschaute, erstreckte sich die sternenklare Nacht. Ein schlanker Jet fuhr draußen vor, seine blinkenden Lichter schimmerten in der Dunkelheit, und das Flugzeug reckte wie ein Tier die Nase, als würde es in der Luft schnuppern.

Casimir führte Rox zu einem gepolsterten Stuhl und bat Maxence, der mit seiner Entourage in dem Auto hinter ihnen gefahren war, sich zu ihr zu setzen, während er sich einen Moment mit Arthur unterhielt.

Nachdem er Casimir einen kurzen, besorgten Blick zugeworfen hatte, ließ Maxence sich behutsam auf dem Stuhl neben Rox nieder und sprach mit ihr über ein Konzert, das er letztes Jahr in Paris besucht hatte.

Rox verbarg ihr Gesicht in den Händen, hatte ihre Finger in ihrem Haar vergraben, und nickte, wenn von ihr eine Reaktion erwartet wurde.

Arthur folgte Casimir, der sich ein Stück von den beiden entfernte.

Als sie weit genug weg waren, wandte Casimir

sich seinem Freund zu und sagte: „Du musst mir einen Gefallen tun."

Arthur schaute hinter sich zu Maxence, der ruhig und freundlich mit Rox sprach. „Was zur Hölle hast du mit dem armen Mädchen gemacht?"

Casimir steckte eine Hand in seine Hosentasche und schaute zu Boden. „Ich bin innerhalb ihrer festgelegten harten Grenzen geblieben, selbst innerhalb ihrer weichen Grenzen. Aber ich war mir nicht bewusst, dass da noch etwas anderes ist, das sie belastet."

„Solche Spielchen sind nichts für Amateure."

„Ich bin kein Amateur."

„Ich weiß, ich weiß." Arthur wedelte mit einer Hand, um ihm zu bedeuten, dass er nur gescherzt hatte.

„Ich habe sie nicht gepeitscht. Das wäre für sie nicht richtig gewesen."

„Was hast du dann getan?"

Casimir knirschte mit den Zähnen. „Edging."

„Oh Gott. Ich würde lieber mit hartem Leder gepeitscht werden, als fast bis zum Höhepunkt gebracht zu werden, nur um die Erlösung dann im letzten Moment entrissen zu bekommen. Vertrauensprobleme?"

„Ja." Casimir spürte, wie er zappelig wurde, eine nervige Angewohnheit, von der er geglaubt hatte, sie überwunden zu haben. „Können wir den Flugplan für heute Abend noch ändern und nach Las Vegas fliegen?"

Arthur schaute ihn mit scharfem Blick an. „*Wieso?*"

„Weil ich das einfach tun muss."

Arthur packte ihn an der Schulter. „Ich weiß, dass es dir gerade wie eine gute Idee vorkommt …"

„Du weißt nicht, wie es gewesen ist. Du weißt nicht, was sie *gesagt* hat."

„Es ist egal, was sie *gesagt* hat. Du weißt, was du *tun* musst."

„Ich bin draußen. Ich muss mir keine Sorgen mehr darum machen, nie wieder."

„Für den Fall, dass ihnen etwas zustößt, darfst du deinen Platz in der Thronfolge nicht aufgeben."

Casimir fuchtelte mit einer Hand in der Luft herum, irritiert darüber, dass jemand das für ein Problem halten könnte. „Ana wird die perfekte Königin sein. Sie hat vier Kinder. Ich bin nicht mehr die Nummer zwei. Ich stehe an *sechster* Stelle. Es gibt keinen Grund, auf mein Anrecht auf den Thron zu bestehen. Ich wollte ihn sowieso nie."

„Flugzeuge stürzen ab. Terroristen basteln Bomben." Arthur drückte seine Schulter und starrte ihm direkt in die Augen. „Casimir, Autos können einen geplatzten Reifen bekommen und einen Berghang runterfallen."

Das war nicht fair. Jede Narbe an Casimirs Körper stach schmerzhaft bei der Erinnerung, selbst diejenigen, die so glatt wie seine unversehrte Haut und unter seinen Tattoos praktisch unsichtbar waren. Jeder geheilte Knochen schmerzte. „Dir ist bewusst, dass du von meiner Schwester und meinen Nichten und Neffen sprichst, *richtig?*"

„Es ist egal, von wem ich spreche."

„Sie hat vier Kinder, und ich weiß nicht, ob ihr das reicht. Wenn man dem glauben kann, was sie anderen Leuten erzählt, würde sie am liebsten ein halbes Dutzend haben."

„Willem darf nicht euer verfluchter König werden", murmelte Arthur.

„Selbst wenn er das würde, macht das keinen Unterschied. Der Monarch ist ein machtloses Symbol mit zeremoniellen und kulturellen Pflichten. Wir haben eine Konstitution. Selbst Willem könnte niemandem wehtun oder etwas anstellen, das den Niederlanden tatsächlich schaden würde."

„Wenn jemand dazu imstande ist, den Niederlanden oder der Monarchie selbst zu schaden, dann Willem."

„So schlimm ist er nicht. Er war damals nur ein kleines Kind."

„Er ist ein verdammter Psychopath, das war er schon immer. Jetzt ist er siebenundzwanzig und immer noch ein Arschloch."

Casimir hob hilflos die Hände, denn niemand konnte sich seine Familie aussuchen. „Er ist nicht mehr so schlimm, wie er als Kind war."

„Er stellt sich geschickter an, wenn es das ist, was du meinst. Wenn er und seine scheußliche Frau Kinder bekommen sollten, schickt sie auf jeden Fall zum Le Rosey. Lasst sie nicht unter seinem Einfluss aufwachsen. Da ist selbst das Internat besser."

„Kannst du uns heute Nacht nach Vegas fliegen?", fragte Cash erneut.

„Nein. Du musst nach Hause und dir wie alle anderen die Zustimmung der Regierung und des Parlaments holen. Rox wird schon klarkommen. Die anderen werden ungefähr zehn Minuten lang murren, dass sie eine Amerikanerin ist, und sich dann damit abfinden. Es ist ja nicht so, als wäre sie die Tochter eines kolumbianischen Drogenbarons."

Und selbst in diesem Fall hatte es nur ein paar

Wochen gedauert, ein paar formelle Empfänge zum Kennenlernen von Willems Verlobter, ein paar Zugeständnisse sowie die Versicherung gebraucht, dass ihr Vater nicht zur Hochzeit kommen würde, um die offizielle Zustimmung zu bekommen.

„Gib diese verrückte Idee auf", sagte Arthur und schüttelte Casimir leicht an der Schulter. „Du musst das auf die korrekte Art tun."

Casimir ließ den Kopf hängen, erinnerte sich daran, was für eine Angst sie davor gehabt hatte, dass er ihr wehtun würde, und sie meinte nicht körperlich. „Du hast nicht gehört, was sie *gesagt* hat."

„Es ist egal, was sie *gesagt* hat. Geh zum Rodeo Drive und kauf ihr den größten Diamanten, den du finden kannst, versichere ihr, dass du sie liebst, und buche einen Flug nach Amsterdam, um die nötigen Schritte anzugehen. Macht von mir aus eine Paarberatung, wenn du darüber sprechen willst. Ana wäre zutiefst gekränkt, wenn du durchbrennen und auf keinen ihrer Anrufe mehr reagieren würdest. Sie würde es dir jahrelang übelnehmen, dass du die Niederlande um eine Hochzeit gebracht hast."

„Ana würde es verstehen." Irgendwann. Auch wenn sie Wert auf das richtige Protokoll legte, was bei einer konstitutionellen Königin keine schlechte Eigenschaft war.

„Ariane allerdings nicht", meinte Arthur. „Sie würde tagelang weinen, wenn du ihr die Chance verwehrst, ein Blumenmädchen zu sein. Sie ist acht, Caz. Sie wird älter. Ihr bleiben nicht mehr viele Jahre, um ein Blumenmädchen zu sein."

Casimir wollte Rox wieder glücklich machen, und zwar so schnell wie möglich. Jede Faser seines

Seins wollte ihr ein Lächeln ins Gesicht zaubern. Er sehnte sich danach, ihr Lachen zu hören.

Aber er könnte Rox' Tränen und ihre Pein sowieso nicht mit einer übereilten Hochzeit wegzaubern. Das hatte er insgeheim gewusst, und das war für ihn ein schwerwiegenderer Grund als Arthurs Argumente.

Der Verband an seiner Wange juckte, und er kratzte an den Rändern. „An Ariane hatte ich gar nicht gedacht."

„Die kleine Walküre würde dir heftig gegen beide Schienenbeine treten, wenn du durchbrennen solltest und sie nicht das Blumenmädchen spielen kann."

„Damit könnte sie mich lebenslang verkrüppeln."

„Sag uns wann und wo. Ich werde Maxence mitschleppen, ganz egal womit er gerade wieder seine Seele retten will, und wir werden in Amsterdam oder Den Haag an deiner Seite stehen. Du kannst sie nicht heute Nacht in Vegas heiraten, du Idiot. Du würdest alles ruinieren."

Kapitel Drei

WIE DER ABNEHMENDE MOND

Rox lag in Casimirs Bett unter der Decke und hielt sich mit eng um sich geschlungenen Armen und purer Willenskraft davon ab, auszuflippen.

Die Katzen schliefen ganz unten am Fußende des Bettes, hatten sich in die Ecken verkrochen. Normalerweise kuschelten sie gern oder schliefen zumindest in der Nähe von ihr und Cash.

Rox musste sich im Schlaf hin und her geworfen haben.

Sie hatte sich so dämlich aufgeführt. Sich von Cashs Sexspielchen so sehr verunsichern lassen, dass sie mit ihren tiefsten Ängsten herausgeplatzt war. Wie peinlich.

Es sollte nur etwas heißer Spaß sein, und sie hatte es ruiniert.

Jetzt würde er mit ihr Schluss machen. Wahrscheinlich war das ihre letzte Nacht in seinem Bett. Morgen würde er ihr und ihren drei Katzen eine

neue Wohnung suchen, dann würden sie Rox'
Sachen zusammenpacken und er würde sie ghosten.

Und sie würde innerlich in tausend Stücke
zerbrechen.

Und wenn nicht morgen, dann irgendwann
später. Vielleicht nächste Woche. Vielleicht die
Woche danach.

Aber bald.

Sie konnte spüren, dass er aus ihrem Leben
verschwinden würde. Es war so, als würde man jede
Nacht den abnehmenden Mond betrachten und
wissen, dass einem eine mondlose, vollkommen fins-
tere Nacht bevorstand.

Bald.

So dumm, dumm, dumm.

Rox entdeckte ihr Handy auf dem Nachttisch
und schaute bei den sozialen Medien rein, um sich
abzulenken.

Ihre Freundin, Brandy Washington, hatte einige
Selfies auf das Profil des Tierheims gestellt. Links
und rechts neben ihrem strahlenden Gesicht hielt sie
zwei neue Kätzchen hoch, eine orangefarbene Katze
mit Streifen und eine langhaarige weiße Katze.
Beide würden zweifellos adoptiert werden, sobald
das Tierheim aufmachte, auch wenn die weiße
Katze auf dem Foto Brandy mit wütend verengten
Augen anstarrte. Wahrscheinlich hatte die Katze
wenige Momente nach der Aufnahme des Fotos
Brandys Nase attackiert.

Die Bettdecke bewegte sich neben Rox. „Bist du
wach?", fragte Cash.

Sie legte ihr Handy zurück auf den Nachttisch.
Das Licht des Displays schimmerte bläulich an der

dunklen Zimmerdecke. „Ja. Hör mal, wir müssen reden."

„Ja, das müssen wir." Die Decke bewegte sich über ihrer Brust und ihren Beinen, als er auf sie zurollte.

Sie setzte sich auf und stützte die Arme auf ihren angezogenen Knien ab. „Ich will ein Safeword. Wenn du genug hast, bevor du mich ghosten wirst, muss ich von dir ein Safeword hören. Vielleicht ‚Es ist so weit' oder ‚Es war eine spaßige Zeit'."

„So wird ein Safeword nicht benutzt. Es bedeutet, dass man aufhören soll."

„Ich muss wissen, wann *du* aufgehört hast. Ich werde dir keine Fragen stellen. Ich werde nur nicken und das war's. Kein Druck. Kein Kreuzverhör. Aber ich muss es wissen. Ich muss wissen, dass du fort bist. Ich würde es nicht ertragen, wenn ich die Hand nach dir ausstrecken wollte, nur um dann wie bei einem Geist ins Leere zu greifen. Okay?"

„Ich will nicht, dass das hier aufhört", sagte er mit tiefer Stimme im düsteren Zimmer. Im schwachen Licht ihres Handydisplays konnte sie die schwarzen Schatten in seinen Augenhöhlen und eine Seite seines Gesichtes erkennen. Der Verband an seiner linken Wange war ein weißer Fleck in der Nacht.

„Doch, das tust du", sagte sie. „Und das verstehe ich. Das habe ich immer über dich gewusst. Als ich dich das erste Mal geküsst habe, wusste ich, worauf ich mich einließ. Ich wusste in der Sekunde, als ich meine falschen Ringe ins Meer geworfen habe, worauf ich mich einließ. Ich werde nicht versuchen, dich umzustimmen, dich nicht mit Fragen überhäufen. Ich brauche nur ein Signal. Das ist alles, was ich will. Ich will, dass du sagst ‚Es war eine spaßige Zeit‘, damit ich Bescheid weiß.“

Cash setzte sich auf und rutschte zurück, um sich gegen das Kopfende mit Knopfheftung zurückzulehnen. „Du glaubst mir nicht, dass ich dich nicht ghosten werde, wie du es nennst.“

„Das tust du immer, Cash. Ich bin keine Ausnahme. Nur das nächste Mädchen in der Reihe.“

„Ich werde nicht derjenige sein, der fortgeht“, sagte er.

„Cash, ich *kenne* dich.“

„Ich muss dir etwas erzählen.“

Ihr Handydisplay schaltete sich aus, und die Dunkelheit legte sich wieder über sie beide. „Wir sind seit drei Jahren miteinander befreundet. Alles, was du mir bis jetzt nicht erzählt hast, ist nicht weiter wichtig.“

„Doch, ist es. Ich spreche normalerweise nicht davon.“

„Wissen Arthur und Maxence es?“

„Sie haben es gesehen. Sonst weiß niemand davon.“

Ein Geräusch wie das eines aufreißenden Klettverschlusses wisperte durch die Dunkelheit.

„Was hast du gerade getan?“, fragte sie.

„Bei unserem ersten Mal, auf der Veranda, sind wir draußen im Dunkeln geblieben, weil ich den Verband von meiner Wange abgenommen hatte, bevor du rauskamst. Ich hatte keine Gelegenheit, ihn wieder anzulegen. Und ich konnte nicht durch das beleuchtete Haus laufen.“

„Hat sich die Wunde …“ Sie kaute auf ihrer Unterlippe, suchte nach einem Wort, das sich nicht negativ anhören würde, „… geschlossen?“

„Sie ist vernarbt."

„Dann ist es nur eine Narbe."

„Sie ist auf meinem Gesicht."

„Ja. Und?"

„Es sieht ziemlich schlimm aus."

„Ich bin mir *ziemlich* sicher, dass mich das nicht stören wird."

„Jemand, der so wunderschön ist wie du, wird es abstoßend finden."

„An der Aussage ist so viel falsch. Ich *weiß*, dass ich dich nicht ‚abstoßend' finden werde. Was für ein *scheußliches* Wort. Eine kleine Narbe wird mich nicht abschrecken."

„Sie ist nicht klein."

Die schwarze Dunkelheit im Zimmer begann zu ergrauen. Draußen musste sich der Horizont dunkelrot und blau färben, da die Sonne aufging.

Seine Holzjalousien würden das Sonnenlicht nicht ganz abhalten. In wenigen Minuten würde sie sehen können, was er meinte.

„Die Narbe ändert nichts", sagte sie.

Er schwieg, und Rox hielt den Atem an.

Schließlich sagte er: „Bei dem Unfall haben Glassplitter Haut und Muskeln an meiner Wange aufgerissen. Der Chirurg konnte zu dem Zeitpunkt nicht viel tun, aber bald werde ich die Stelle behandeln lassen können."

„Wie behandeln lassen?"

„Plastische Chirurgie. Filler. Dermabrasion. Laserbehandlung. Das wird sie weniger sichtbar machen."

Rox lehnte sich in dem schwachen Morgenlicht zu ihm. „Das klingt, als würdest du dich mit dem Thema auskennen."

Einen Moment lang sagte er nichts. „Ja."

„Du wusstest auch viel über Josies Eingriffe."

Er seufzte. „Ja."

„Kannst du sehen, ob bei mir etwas gemacht wurde?"

Die Frage entlockte ihm ein leichtes Lachen. „Wenn bei dir etwas gemacht wurde, dann war es exzellente Arbeit. Ich finde, dass du so, wie du geboren wurdest, wunderschön bist."

Sie kicherte, weil bei ihr gar nichts gemacht worden war. „Ich wette, das sagst du zu allen Mädchen."

Cash verstummte. Ein paar vereinzelte Strahlen der Morgendämmerung berührten sein kastanienbraunes Haar und die Spitze seines Kinns, aber seine Wange war immer noch in Dunkelheit gehüllt. „Nein, tue ich nicht."

„Natürlich tust du das."

„Tue ich nicht. Es gibt viele Dinge, die ich niemandem sage, nie zuvor jemandem gesagt habe."

„Das tun alle. Jeder hält Teile von sich zurück, zeigt bestimmte Seiten von sich nur bestimmten Gruppen. Das ist normal."

„Das ist etwas anderes", meinte er. „Mir sind als Kind einige Dinge widerfahren, von denen ich niemandem erzählt habe."

Er war ein sehr privater Mensch. Das hatte Arthur gesagt. „Du musst es mir nicht sagen."

„Ich glaube schon." Er seufzte und schaute die Wand am anderen Ende des Zimmers an. „Doch, ich muss es dir erzählen."

Bleistiftdünne, schwach schimmernde Lichtstreifen der Dämmerung, die durch die Jalousien hereindrangen, wanderten über sein Gesicht, aber sie konnte es noch nicht richtig sehen. „Wir sind seit drei Jahren miteinander befreundet, und wir können es so belassen, wie es ist."

Er nahm ihre Hände in seine und atmete tief ein. „Mit sechs Jahren hatte ich einen Autounfall."

„Einen Autounfall? Himmel, kein Wunder, dass der Unfall auf dem Freeway dich so verstört hat. Ganz abgesehen davon, dass du beinahe gestorben wärst."

„Das Auto, in dem ich saß, überschlug sich, fiel über die Seitenplanke und stürzte einen Berghang hinunter."

„Oh nein." Sie drückte mitfühlend seine Hände.

„Der Sicherheitsgurt hat mir nicht gut gepasst", fuhr er fort. „Ich war zu klein und flog durch die Windschutzscheibe."

Sie umklammerte seine Finger fester. „Oh Gott. *Cash*."

„Das Glas hat mich völlig zerkratzt. Ich hatte überall am Körper Schnittwunden, kreuz und quer, als wäre ich in einen Messerhagel geraten. Einige Schnitte waren schlimmer als andere." Er ließ eine ihrer Hände los, und in der nicht mehr ganz so undurchdringlichen Dunkelheit konnte sie sehen, wie er dort mit den Fingern über sein T-Shirt strich, wo das große, schwarze Tattoo seine linke Schulter und seine Rippen bedeckte. „Mit dieser Seite bin ich gegen das Fenster geprallt. Das Tattoo verbirgt die schlimmsten Narben. Hier. Fühl mal."

Er führte ihre Finger unter den weichen Baumwollstoff seines Oberteils. Die Haut über seinen Rippen war rauer als die Haut um das Tattoo herum, dicker, wie Leder.

„Der plastische Chirurg hat die Narben abgeschliffen, sodass man sie kaum spürt."

Sie strich mit den Fingern über seine Haut, entdeckte dieselbe seltsame Textur unter anderen Teilen des Tattoos. „Hat das nicht wehgetan?"

„Etwas."

„Wie mit einem Sandstrahlgerät ein paar Hautschichten abzuschälen?"

Er zuckte mit den Schultern. „Das trifft es ziemlich gut."

„Als du *sechs* warst?"

„Nein. Mit achtzehn und neunzehn, während meines Bachelorstudiums."

„Wow, Cash. Das tut mir so leid. Zumindest hat es nicht dein Gesicht ruiniert, hm?"

Er hielt ihre andere Hand mit festerem Griff. „Das hat es."

„Die Ärzte müssen mit dem Sandstrahlgerät fantastische Arbeit geleistet haben."

„Ich hatte nicht viele Schnitte im Gesicht."

„Oh. Nun, das ist gut."

„Die Knochen waren zertrümmert. Meine Wangenknochen. Meine Nase."

Rox hielt sich erschrocken eine Hand vor den Mund.

„Den größten Teil meiner Schulzeit war ich ziemlich schlimm entstellt. Die Ärzte konnten erst schwerwiegende rekonstruktive Eingriffe durchführen, nachdem ich aufgehört hatte zu wachsen." Er hob ihre Finger an seine Wangenknochen, seinen Kiefer. „Das ist Kunststoff und Bindemittel. Es ist, als würde ich eine Maske tragen."

Sie fuhr mit den Fingern über die harten Kanten seiner Wangenknochen und seines Kiefers, versuchte, irgendwelche Unebenheiten oder Narben zu ertasten, aber alles fühlte sich normal an. „Sie haben exzellente Arbeit geleistet. Alles fühlt sich vollkommen natürlich an. Ist das, wie du hättest aussehen sollen?"

„Es kommt dem wahrscheinlich sehr nah. Sie haben Fotos von meinem Vater benutzt, als er in meinem Alter war, und welche von meinem jüngeren Bruder Willem, der damals siebzehn war, um die Vorlagen zu erstellen. Sie haben auch einige Fotos von mir vor dem Unfall mit Alterungssoftware bearbeitet. Aber ich glaube, ich sehe eher aus wie mein Vater."

„Ich habe nie Fotos von deinen Verwandten gesehen. Du hast im Haus auch keine aufgestellt."

„Ich habe sie irgendwo. Jedenfalls ist es bei uns etwas mehr als nur eine familiäre Ähnlichkeit."

Bei dem trockenen Tonfall, mit dem er das sagte, musste sie lächeln.

Frühe Sonnenstrahlen drangen durch die Schlitze der Jalousien.

In dem dämmrigen Licht begann sich etwas auf seiner Wange abzuzeichnen, etwas Wulstiges.

Rox behielt ihre Hand an seiner anderen Wange, der unverletzten Seite. „Tut die Narbe dir im Moment weh?"

„Nein."

Ihre Finger wanderten über sein Gesicht. Auf seiner anderen Wange verzerrten harte Knubbel und Vertiefungen seine sonst so glatte Haut unterhalb seines Wangenknochens. „Das sieht aus, als hätte es sehr wehgetan."

Er zuckte mit den Schultern. „Es war nicht so schlimm. Es war alles recht schnell vorbei."

Das Sonnenlicht wurde heller, und ein dunkles Rosa drang von draußen ins Zimmer herein.

Unter ihren Fingern fühlte es sich an, als lägen unterhalb seines Wangenknochens Holzknoten unter seiner Haut.

Auch wenn sie geahnt hatte, was sich unter dem Verband verbarg, war es ein Schock zu sehen, wie die frühere Perfektion zerstört worden war. So als hätte jemand ein Gemälde im Museum aufgeschlitzt. „Oh Cash."

Mit leiser Stimme fragte er: „Gehst du?"

Sie schaute zum Fenster. Scharlachrotes Licht schimmerte durch die Schlitze des Sonnenschutzes. „Es ist fünf Uhr morgens."

„Das habe ich nicht gemeint."

Sie schaute ihn überrascht an. Seine grünen Augen glühten beinahe in dem roten Licht, das sein Gesicht erfasste. „Ich weiß nicht, wovon du sprichst."

Er schaute ihr sehr aufmerksam in die Augen. „Verlässt du mich jetzt?"

Du lieber Himmel.

Hitze zog sich über ihr Gesicht. „Glaubst du wirklich, ich würde mit dir Schluss machen, weil du eine dämliche Narbe im Gesicht hast?"

Cash sagte nichts. Er beobachtete sie nur, seine smaragdgrünen Augen wirkten in dem heller werdenden Licht unsicher.

Empörter Zorn begann in ihrem Blut zu brodeln. „Hältst du mich etwa für so verdammt *oberflächlich*, dass ich beim Anblick einer kleinen Narbe auf deinem Gesicht sofort schreiend davonrennen würde?"

Seine Augenbrauen zogen sich verwirrt zusammen und seine Lippen öffneten sich.

Ihre Stimme wurde stählern, als die Wut weiter hochkochte. „*Casimir Friso van Amsberg*. Ich bin noch nie in meinem Leben so *beleidigt* worden! "

Seine Augen weiteten sich. „Ich wollte nicht ..."

Sie riss ihre Hände von seinen los und hielt sie mit gespreizten Fingern auf Schulterhöhe, wie um ihn zu würgen. „Du glaubst, ich wäre so *verdammt* oberflächlich, dass ich bei dem kleinen *Kratzer* auf deinem Gesicht ausflippen würde, mir meine Katzen schnappen und vor dir *davonrennen* würde als wärst du ein Aussätziger oder ein *Ungeheuer?*"

„So habe ich das nicht ...", stammelte er.

„Das hast du *genau* so gemeint und das weißt du auch. Du musst noch viel über mich lernen, *Casimir Friso van Amsberg*. Ich bin keine zerbrechliche, durch Inzucht gezeugte, haarlose Mutantenkatze, die beim Anblick von etwas Blut oder Narbengewebe gleich aus den Latschen kippt. Das ist *lächerlich*."

Seine Mundwinkel hoben sich ein kleines bisschen, und er drehte das Kinn zur Seite, um sie aus den Augenwinkeln anzusehen. „Ich muss dich glaube ich öfter wütend machen."

„Oh, das halte ich für keine gute Idee, *Casimir*. Ich werde dir deinen verweichlichten Europäerhintern versohlen, wenn du *jemals wieder* so etwas zu mir sagen solltest."

Sein Lächeln vertiefte sich. „Ich mag es, wenn du meinen Namen sagst."

„Ich sage ständig deinen Namen. Ich habe ihn quer durchs Büro gerufen, und einige Male auch an die Decke geschrien."

„*Casimir*. Du nennst mich *Casimir*."

„Ganz genau. Ich bin wütend genug, um deinen

vollständigen, rechtlichen Namen zu benutzen. Du solltest dich lieber in Acht nehmen."

Er musterte blinzelnd ihr Gesicht. „Ich mag es, wenn du mich Casimir nennst."

„Nun, das tut gerade nichts zur Sache. Ich bin so sauer auf dich, dass ich schreien könnte."

Er streichelte über ihren Arm, sein Lächeln wurde wärmer. „Wenn das alles dich dazu bringen konnte, mich Casimir anstatt Cash zu nennen, dann war es das wert."

„Ich warne dich: Ich werde eine Reitpeitsche holen gehen, wenn du nicht aufhörst, mich zu provozieren."

„Du bist wirklich temperamentvoll, *lieveke*."

„Oh, du hast ja keine Ahnung. Sobald ich einmal auf hundertachtzig bin, *bleibe* ich auf hundertachtzig. Du willst nicht sehen, wie mein Zorn *biblische* Ausmaße erreicht, und lass mich dir versichern, du hast mich fast so weit."

Er schlang seine Arme um sie und presste seinen ganzen Körper an ihren. Seine Hitze wärmte ihr langes T-Shirt und ihre Haut darunter. Dann küsste er die empfindliche Stelle, wo ihr Hals in ihre Schulter überging. „Ich werde nie wieder so etwas zu dir sagen."

„Das ist die erste sinnvolle Sache, die du heute gesagt hast."

Er lachte leise an ihrer Haut und hielt sie noch enger an sich. „Ich will, dass du nächstes Wochenende mit mir nach Amsterdam kommst."

Jetzt kam also die Wirbelwind-Reisephase ihrer Beziehung, wo sie ohne guten Grund nach Europa davondüsten.

Zumindest bedeutete das, dass er sie noch nicht ghosten würde.

„Warum Amsterdam?", fragte sie.

„Es gibt da einige Leute, die ich dir gerne vorstellen würde."

„Deine Schwester, Ana?"

„Unter anderem."

„Es wäre schön, sie kennenzulernen." Ana hatte Maxence und Arthur zu ihnen geschickt, da sie gewusst hatte, dass die beiden alten Schulfreunde Cashs Abwärtsspirale stoppen konnten.

Vielleicht sollte sie für Ana ein paar Brownies backen oder so etwas.

„Sie wird dich mögen", wisperte Cash.

„Sie scheint nett zu sein. Ich bin mir sicher, dass ich sie auch mögen werde."

Cash lehnte seine Stirn an die Seite ihres Kopfes, sodass seine Lippen nah an ihrem Ohr waren, und wisperte: „Ich liebe dich."

Rox bekam keine Luft mehr. Sie konnte weder sprechen noch atmen.

Wren hatte gesagt, dass er keine dieser Turteltauben war. An Rox' erstem Tag hatte Melanie gemeint, dass Cash nicht log und seinen Partnerinnen keine falschen Hoffnungen machte.

Rox schloss die Augen und spürte einfach nur das Gefühl seiner starken Arme, die sie hielten.

Gott, sie wollte ihm so sehr glauben.

Ein Echo seiner Worte hallte in ihr wider, wie eine Vibration, die nach außen dringen wollte, aber ihre Kehle war immer noch so zugeschnürt, dass sie gerade mal ein winziges bisschen Luft einziehen konnte. Sie konnte nicht sprechen. Konnte nicht *denken*.

„Und das sage ich nicht zu allen anderen Mädchen", meinte Cash. „Das habe ich nur zu dir gesagt. Ich bin seit Jahren in dich verliebt, wollte einerseits, dass du dich von Grant trennst, aber andererseits auch nicht, dass du die Tortur einer Scheidung durchmachen musst."

Das ergab keinen Sinn. Das widersprach all den Gesetzen der Natur und der Vernunft. Cash Amsberg verliebte sich in niemanden. Er vögelte sich lediglich durch seine Kontaktliste.

Rox hob langsam, vorsichtig die Arme und legte sie um seine Taille, versuchte, ihre Gefühle mit ihrem Körper auszudrücken, weil ihre Kehle nicht funktionierte.

„Ich wollte dir schon so lange sagen, dass ich dich liebe. Ich wollte dich in meinen Armen haben, in meinem Bett, in meinem Leben, nicht nur auf der Arbeit. Ich werde dich nicht ghosten. Ich habe so lange auf dich gewartet."

Rox vergrub ihr Gesicht an seiner Brust, umklammerte ihn so fest sie konnte.

Auch wenn sich die Narbe von der Milzentfernung direkt unter ihrem Arm befand, würde sie ihm nicht dadurch wehtun, dass sie ihn fest drückte. Sie war nicht stark genug, um ihm wehzutun.

Sie war zu schwach, zu schwach bei allem, was ihn betraf. Sie wollte ihm so sehr glauben.

„Ich liebe dich auch", wisperte sie. „Ghoste mich nicht. Egal was kommt. Ich würde es jetzt nicht mehr verkraften."

Er schloss sie fester in seine Arme und fuhr dann mit den Fingern durch ihr Haar. Er schlang sich um sie, beschützte sie, hielt sie in seinen Armen und mit

seinem ganzen Körper. „Ich werde dich nicht ghosten. Ich werde dich nie wieder hergeben."

„Werd jetzt bloß nicht unheimlich", sagte sie mit
erstickter Stimme, weil sie nicht weinen wollte, aber
auch noch nicht lachen konnte.

Er lachte leise. „Das werde ich nicht, aber ich
liebe dich und werde dich nicht verlassen, *lieveke*."

Sie blieben für eine Weile so sitzen, bis sie
beschlossen, sich wieder hinzulegen, bevor sie umfie-
len. Dann schliefen sie eine weitere Stunde eng
umschlungen im Licht der Morgensonne.

Kapitel Vier

PRINZ MONSTER

Rox schlenderte aus Cashs Schlafzimmer heraus, um in der Küche nach etwas zum Frühstücken zu suchen.

Cash war ein paar Minuten vorher rausgegangen, hatte sie erst auf die Stirn und dann auf den Mund geküsst, bevor er losging, um sicherzugehen, dass Arthur und Maxence Essen und Kaffee gefunden hatten.

Als Rox die Schlafzimmertür hinter sich zuzog und den Flur entlanggehen wollte, kam Maxence aus Richtung der Gästezimmer, die sich weiter hinten im Haus befanden, um die Ecke gebogen und lächelte sie an.

Sie hob das Kinn und weigerte sich, sich dafür zu schämen, von einem Möchtegern-Priester dabei erwischt zu werden, wie sie am Morgen das Schlafzimmer eines Mannes verließ. Hey, Maxence war im Devilhouse schließlich auch der Frau in Leder gefolgt, und nach dem zu urteilen, was Arthur erzählt hatte, war er in seiner Vergangenheit ebenfalls nicht immer der reinste Unschuldsengel gewesen.

Er ging hinter ihr den Flur entlang. Wahrscheinlich sollte sie warten und mit ihm zusammen gehen, alles andere wäre unhöflich. Sie lehnte sich an die Wand und verschränkte die Arme vor der Brust.

Maxence trug einen weiteren maßgeschneiderten, schwarzen Anzug, der an Priester, Leichenbestatter und Raben erinnerte. Der Stoff saß zu perfekt an seinen breiten Schultern, seiner athletischen Taille und den langen Beinen, um von der Stange gekauft worden zu sein, und die diskrete Eleganz des Outfits fiel selbst ihr auf.

Das sandte mal widersprüchliche Signale.

Während sie wartend an der Wand lehnte, inspizierte Maxence mit hinter dem Rücken verschränkten Händen die Kunstwerke, die an den Wänden des langen Flures hingen. Er hatte nicht bemerkt, dass sie stehengeblieben war, um auf ihn zu warten.

An den Wänden von Cashs Haus hingen viele Kunstwerke.

Rox starrte das Gemälde vor sich an, das Stillleben einer Frucht in scharlachroten und orangen Farbtönen. Sie ließ den Blick zur Seite schweifen, zu dem Landschaftsgemälde einer spanischen Festung auf einem Berghang. Ein weiteres Gemälde, das weiter hinten im Flur hing, zeigte einen Torbogen, der mit Efeu und blühenden Kletterpflanzen bewachsen war.

Porträts von Menschen gab es nicht.

Ebenso wenig gab es Spiegel in Cashs Schlafzimmer oder den Gemeinschaftsbereichen.

Auch keine Fotos von seiner Schwester oder anderen Familienmitgliedern.

Überhaupt keine *Gesichter*.

Ihr Herz blutete für ihn.

Maxence war jetzt nah genug, dass sie sich mit ihm unterhalten konnte, ohne laut schreien zu müssen.

„Ich muss mit dir reden", sagte sie.

Maxence schloss zu ihr auf. „In Ordnung."

„Du bist also seine Heiligkeit Papst Scheiß-auf-alles."

Er verschränkte seine Hände wieder hinter dem Rücken und schaute lächelnd auf seine Füße runter. „Das ist ein relativ neuer Spitzname. Als Kind war ich Kaiser Maximum. Ich habe sechs Monate vor allen anderen meine erwachsene Körpergröße erreicht."

„Und Arthur ist der Graf von Ich-tue-was-ich-will", hakte Rox nach.

„Den Spitznamen hatte er schon immer. Du kannst dir sicher denken, warum."

„Was war dann Cashs Spitzname?"

Maxence hob den Kopf und schaute mit vorsichtigem Blick auf sie runter. „Wie viel hat er dir über seine Kindheit erzählt?"

„Er hat mir erzählt, dass er einen schrecklichen Autounfall hatte, der sein Gesicht zerstört hat, und dieses erst mit achtzehn Jahren rekonstruktiv wiederhergestellt wurde."

„Ah." Maxence' Schultern sackten merklich nach unten, und er blinzelte langsam. „Gut. Er behält bestimmte Aspekte seines Lebens sonst lieber für sich."

„Also, wie habt ihr ihn genannt?"

Seine Augenbrauen senkten sich, und er seufzte. „Wir haben ihm den Namen nicht gegeben. Er hat darauf bestanden, dass Arthur und ich ihn auch so nennen. Er hat dazu gestanden und den Namen wie einen Mantel getragen, um den Leuten, die ihn gequält haben, keine Macht über sich zu geben."

Rox' Hände ballten sich bei dem Gedanken, wie jemand Cash quälte, zu Fäusten. „Er war ein Kind."

„Kinder können grausam sein." Er verzog das Gesicht, während er zu den Wänden schaute. „Besonders manche Kinder scheinen ohne Gewissen geboren worden zu sein. Es war die ungerechte Behandlung, die Casimir von gewissen Leuten ertragen musste, die mich dazu veranlasst hat, Theodizee zu studieren – warum das Böse in der Welt existiert. Arthur und ich haben versucht, Casimir vor diesen Leuten zu beschützen, aber das hat er nicht zugelassen."

Rox schüttelte den Kopf. „Ja, das sieht ihm ähnlich."

„Er kämpft immer gegen Ungerechtigkeit und lässt andere nicht seine Schlachten für ihn austragen. Die meisten Jungs waren in Ordnung. Nachdem sie ihn kennengelernt hatten, mochten ihn alle. Ein Herz aus Gold und all das. Er wurde auch immer als einer der Ersten für Spiele ausgewählt."

„Alle Männer im Büro mögen ihn."

„Das ist Casimir. Jedermanns Freund. Niemand hätte ihn wirklich ärgern können, selbst wenn wir es gewollt hätten. Zumindest keiner der Jungs."

Ein paar Puzzleteile fügten sich in dem Rätsel, das Cash Amsberg war, zusammen. „Keiner der Jungs, hast du gesagt", stellte Rox klar.

Er nickte. „Keiner der Jungs."

„Aber die Mädchen?"

Maxence betrachtete ein Gemälde von einer goldenen Schüssel, die mit juwelenfarbenen Früchten gefüllt war. „Die Mädchen waren eine andere Geschichte. Als wir sehr jung waren, war es kein Problem. Aber sobald alle in die Pubertät gekommen waren, änderten sich die Dinge für ihn. Es kam zu Gruppendenken, nicht ungewöhnlich bei Kindern."

„Ich bin mir nicht sicher, ob ich wissen will, wie es weiterging."

„Ich glaube, das solltest du." Dabei schaute er sie allerdings immer noch nicht an.

„Okay." Sie nahm einen tiefen Atemzug und wappnete sich.

Maxence schürzte die Lippen. „Sie haben mit seinen Gefühlen gespielt."

„Das klingt schrecklich."

Er nickte. „Sie forderten einander heraus, mit ihm auszugehen, ihn zu küssen, ihn dazu zu bringen, sich in sie zu verlieben, und dann lachten sie ihm ins Gesicht oder machten sich hinter seinem Rücken über ihn lustig. Es war brutal. Niemand konnte ihn davon abhalten, ihnen zu glauben und sich in sie zu verlieben, bis er es eines Tages einfach nicht mehr tat."

„*Oh.*"

„Etwas hatte in ihm klick gemacht, und seit jenem Tag vertraute er ihnen nie wieder. Wenn sich ihm eines der Mädchen annäherte, blieb er höflich, aber danach hatten seine Augen stundenlang diesen leeren Ausdruck. Wir behielten ihn im Auge, um sicherzugehen, dass er beim Skifahren nicht gegen einen Baum fuhr oder mitten im See aufhörte zu schwimmen."

Sie schaute zu den spanischen Fliesen unter ihren Füßen runter. „Okay."

Maxence nickte und biss sich auf die Unterlippe.

Rox stemmte ihre Hände in die Hüften, damit Maxence nicht sah, dass sie zitterten. „Also, wie habt ihr ihn genannt?"

Maxence starrte verlegen seine Füße an. Seine Lippen pressten sich zusammen und er sagte betont langsam: „Prinz Monster."

Kapitel Fünf

ARTHURS ARBEIT IST GETAN

In der Küche saß Cash mit Arthur am Fenster. Leere Müslischüsseln standen zwischen ihnen auf dem Tisch.

Cash hielt seinen Löffel in der Hand, deutete damit drohend auf Arthurs Nase.

Arthur inspizierte die Spitze des Löffels, als würde etwas daran kleben.

Beide schauten auf, als Rox reinkam, blickten dann über ihre Schulter, als Maxence hinter ihr das Zimmer betrat.

„Hast du gepackt?", fragte Arthur.

„Wofür?", fragte Rox, aber hinter ihr erwiderte Maxence: „Ja. Wir können los, wann immer du willst."

„Wohin wollt ihr?", fragte Cash.

„Nach Hause", meinte Arthur. „Ich habe all die Kätzchen in Los Angeles sozialisiert, also ist meine Arbeit hier getan."

Cash hob eine Augenbraue. „Treffender wäre, dass du mich und Maxence erfolgreich mit ins Devilhouse geschleppt und uns genug zum Bösen verführt hast."

Arthur runzelte gespielt die Stirn. „Das Böse lauert in den Herzen der Menschen, nicht zwischen unseren Beinen. Würdest du mir da nicht zustimmen, Maxence?"

„An dieser Diskussion beteilige ich mich nicht." Maxence' abwertender Tonfall wirkte nicht ernst, aber es klang so, als hätte er diese Argumentation schon viel zu oft gehört.

Oder vielleicht sorgte er sich in Arthurs Gegenwart nur jedes Mal um seine unsterbliche Seele. Rox fragte sich, wie oft Arthur wohl den Drang verspürte, Maxence mit dem Bösen zu verführen, sei es mit Alkohol, Frauen oder welchem Laster Arthur sonst noch frönte. Sie schlenderte zu den Küchenschränken, um sich Müsli für ihr Frühstück zu holen, das sie in eine Schüssel schüttete.

„Gut, dann unterstütze meine Position halt nicht." Arthurs trockener Tonfall deutete an, dass er Maxence keine Sekunde lang glaubte. „Aber du möchtest immer noch, dass ich dich nach London mitnehme, oder?"

Maxence zuckte mit den Schultern. „Wenn es dir nichts ausmacht."

Arthurs Grinsen und seine verengten silbernen Augen hatten fast schon etwas Dämonisches an sich. „Es wäre mir eine Freude."

Kapitel Sechs

SUB MODO

In der Anwaltskanzlei schlenderte Rox von ihrem Büro zu dem von Cash, wobei sie den langen Weg um die Arbeitskabinenfarm nahm, um nicht an Vals und Josies Büros vorbeizukommen.

Wren winkte ihr diskret über die gepolsterten Wände hinweg zu, aber viele der anderen Rechtsassistenten hielten den Kopf gesenkt und schauten woanders hin. Das Murmeln und Geflüster im Büro erstarben, als sie vorbeilief.

Weil sie noch Zeit hatte und ihr die Stimmung komisch vorkam, verkroch sie sich für einige weitere Minuten in ihrem Büro. Als sie das Dokumentensicherheitssystem durchsah, wurde sie nur noch wütender. Josies und Vals Fingerabdrücke waren überall, in allen Verträgen von Cash, bei allem, woran Rox gearbeitet hatte, und auch in einem Haufen anderer Verträge. Offensichtlich hatten sie nach irgendetwas gesucht oder versucht, ihre Spuren zu verwischen.

Schließlich schlich sie erneut um die Arbeitskabinenfarm herum zu Cashs Büro. Etwas ging hier definitiv nicht mit rechten Dingen zu, und das gemeine Arbeitervolk wusste Bescheid. Aber wenn sie jemanden danach fragte, könnte sie denjenigen in Schwierigkeiten bringen.

Cash öffnete ihr die Tür zu seinem Büro. „Wann ist das Meeting?"

„Um elf", antwortete Rox. „Wir haben eine halbe Stunde. Cash, willst du dir den DiCaprio-Vertrag ansehen?"

„Casimir", sagte er und schloss die Tür hinter ihr.

Rox schaute über die Schulter zu ihm. „Wie bitte?"

Er überbrückte die Entfernung zwischen ihnen und schloss sie in seine Arme. „*Casimir*, nicht Cash. Ich habe diesen Spitznamen nie gemocht. Heute Morgen hast du angefangen, mich Casimir zu nennen. Hör nicht auf."

„Ich … nun, okay. Aber ich könnte manchmal wieder in alte Gewohnheiten rutschen, Casimir", sagte sie und probierte es gleich aus. Es klang seltsam, aber es passte zu ihm. Ihn mit seinem ganzen, echten Namen anzureden, war etwas exotischer, etwas formeller und gleichzeitig vertraut.

„Das ist in Ordnung." Er gab ihr einen Kuss auf den Scheitel. „Willst du, dass ich dich Roxanne nenne?"

„Nur mein Vater nennt mich so, und auch nur dann, wenn er droht, mir den Hintern zu versohlen, weil ich zu aufmüpfig war."

„Daraus schließe ich, dass ich dich lieber weiterhin Rox nennen werde."

„Besser wär's."

Er lachte und gab sie wieder frei. „Öffne den überarbeiteten Entwurf vom DiCaprio-Vertrag. Er sollte gestern Abend gekommen sein."

Rox holte ihren Laptop aus ihrer Tasche und loggte sich ein. „Ja, er ist da."

Cash stellte sich hinter sie und schaute auf den Bildschirm. Er stützte sich mit den Armen auf dem Schreibtisch ab, links und rechts von ihr, etwas, das er noch vor einem Monat nicht getan hätte. Er legte sein Kinn auf ihre Schulter. „Geh zum Abschnitt Vergütung, zwölf Punkt sechs."

Rox überflog die schwarzen Textblöcke auf dem Bildschirm. „Casimir", sagte sie vorsichtig, „hier steht wieder ‚netto'. Irgendwer hat unsere Änderung rückgängig gemacht und will, dass DiCaprio einen Teil des Nettogewinns anstatt des Bruttogewinns bekommt."

„Was? Das kann nicht sein. Wir haben das noch im Konferenzzimmer geändert. Bist du sicher, dass das die richtige Datei ist?"

„Es war die letzte Datei in der Liste, die aktuellste." Sie klickte sich zurück zu dem Fenster, wo alle Dokumente aufgelistet waren. „Ja, schau. Die Datei kam gestern Abend um halb zwölf rein."

„Also wurde es wirklich rückgängig gemacht? Warum sollte man das tun?"

„Ich habe keine Ahnung, die Anmerkung an der Seite sagt, dass es *sub modo* wäre."

„Wir haben dem sicherlich nicht zugestimmt", grübelte Cash.

Cash? Casimir. Ja, Casimir.

„Warum wurde es als *sub modo* markiert? Das ist verrückt. Es ist, als wollte man, dass es uns auffällt."

„Oder man ist davon ausgegangen, dass es sich keiner mehr ansehen würde. Es ist möglich, dass die Agenten sich zusammengetan haben, um ihre Klienten übers Ohr zu hauen, und wir Val und Josie fälschlicherweise Fehlverhalten vorgeworfen haben."

„Es fällt mir schwer zu glauben, dass *alle* Agenten, *jeder einzelne von ihnen*, daran beteiligt war", wandte Rox ein. „Und außerdem bekommen sie einen Prozentsatz von dem, was ihre Klienten verdienen. Sie haben keinen Grund, das Gehalt ihrer Klienten zu reduzieren."

Casimir kratzte sich an der Wange und schaute nachdenklich zur Decke hoch.

„Lass mich etwas überprüfen." Ihre Finger zuckten über die Tastatur. „Nein, all diese Verträge sind von verschiedenen Agenten, sogar von verschiedenen Agenturen. Wenn die Agenten tatsächlich die Übeltäter sind, dann müssen sie übersinnlich begabt sein, weil sie alle *exakt* dasselbe zur *exakt* derselben Zeit auf *exakt* dieselbe Art tun."

Casimir runzelte die Stirn. „Das ist unwahrscheinlich."

„Statistisch gesehen unmöglich", stimmte sie zu.

„Kann uns das Dokumentensicherheitssystem nicht sagen, wer sich die Dateien angesehen hat?"

„Ja, da hast du recht." Rox tippte auf der Tastatur herum und suchte nach der Liste.

In der Liste hätten die Namen mehrerer Personen stehen sollen, die den Vertrag in die Cloud hochgeladen hatten, aber bis auf Rox' Namen war dort nichts. Panik überkam sie, obwohl sie wusste, dass sie nichts Falsches getan hatte.

Und natürlich stand ihr Name auf der Liste. Rox hatte die Datei in die Cloud hochgeladen, damit

Cash und sie von zu Hause aus daran arbeiten konnten.

Allerdings wurden auch mehrere Namen von Leuten angezeigt, die vom Büro aus auf den Vertrag zugegriffen hatten.

Der erste Name auf der Liste war Wren Sishi.

Wrens Name häufte sich. *Seltsam*. Sie musste jemand anderen als Rox dazu gebracht haben, sie ins System einzuloggen.

Selbst der letzte Name in der Liste war Wren Sishi, und der Anzeige zufolge hatte sie den Vertrag heute Morgen um sechs Uhr bearbeitet.

Wren? In aller Herrgottsfrühe im Büro?

Unwahrscheinlich.

Rox zeigte auf Wrens Namen. „Das kann nicht stimmen. Wren ist nie so früh hier. Nicht einmal *annähernd*. Sie eilt jeden Tag gegen halb zehn zur Tür rein."

„Vielleicht hätte sie genug Anreiz, wenn jemand sie gut dafür bezahlt", sagte Cash.

„Und sie ist ein hoffnungsloser Fall, was die Token angeht, um sich ins System einzuloggen. Sie braucht immer Hilfe. Erinnerst du dich daran, wie ich vor ein paar Monaten eine Notfall-Nachricht bekommen habe, als wir in dem Meeting mit den Leuten von Lourde Clinchy waren? Wren ist ausgeflippt, weil sie nicht ins System reinkam, und es war ihr zu peinlich, das jemand anderem gegenüber zuzugeben. Ich musste das Meeting verlassen, um ihr zu helfen."

„Vielleicht war es nur eine Scharade, um andere glauben zu lassen, dass sie es nicht gewesen sein kann."

„Dann wäre es eine sehr lange, peinliche und

perfekt konsistente *Scharade.*" *Eine Scharade.* Mensch, manchmal klang er wirklich wie ein Brite.

Cashs Atem wärmte ihren Nacken. *Casimirs Atem.* „Gut. Wir müssen mit ihr reden", meinte er. „Sag ihr, dass wir ein paar Fragen zu einem anderen Vertrag haben, und hol sie her."

Er stieß sich vom Tisch ab, sodass Rox gehen konnte, aber sie war sich sicher, dass sie spürte, wie seine Hand über ihre Hüfte strich und seine Finger eine Weile an ihrem Rock verweilten.

Rox wollte sich am liebsten umdrehen, ihn festhalten und wieder sein Wispern an ihrem Ohr hören, aber sie schluckte nur schwer und ging aus dem Büro.

Sie schritt durch die Arbeitskabinenfarm zu Wrens Schreibtisch. „Hey, kannst du kurz zu uns rüberkommen, um etwas zu besprechen?"

„Ja, sicher." Wren folgte ihr, aber sie schaute sich immer wieder nervös um, ihr blondes Haar schwang um ihre Schulten herum.

Zurück im Eckbüro setzten die drei sich auf die Sofas am Couchtisch. Cashs Juradiplom hing über ihnen an der Wand.

Cash lehnte sich zurück, seine Arme ruhten auf der Rückenlehne des Sofas. Rox saß am anderen Ende und bemühte sich, nicht den Eindruck zu erwecken, als hätten sie beide etwas miteinander.

Wren saß nach vorne gebeugt da, mit verschränkten Armen, und stützte die Ellenbogen auf ihren Knien ab. „Val und Josie haben uns alle heute Morgen zu einem Meeting zusammengetrommelt. Sie haben gesagt, dass in den Verträgen einige Unregelmäßigkeiten gefunden wurden und sie eine externe Firma damit beauftragen, die Sache zu untersuchen. Ihr habt ihnen also erzählt, was ihr herausgefunden habt?"

„Gewissermaßen", erwiderte Cash.

„Um wie viel Uhr war das Meeting?", fragte Rox.

Wren rollte mit den Augen. „Punkt neun."

„Hast du es rechtzeitig geschafft?"

Wren lachte, aber es klang eher wie nervöses Gackern. „Ich bin nachträglich reingehetzt und habe für den Rest der Zeit hinten gestanden."

Also konnte Wren den DiCaprio-Vertrag nicht um sechs Uhr früh geöffnet haben, vorausgesetzt sie sagte die Wahrheit.

„Bist du dir sicher, was die Uhrzeit angeht?", fragte Rox sie.

Wren blinzelte sie an. „Ja. Es fiel mir nicht leicht, dem zu folgen, was sie gesagt haben. Irgendwas über das Sicherheitssystem und dass niemand weiß, was ausgecheckt oder nicht ausgecheckt wurde, und was generell vor sich geht."

„Nun, wir wissen, was vor sich geht", meinte Rox und schlug die Beine übereinander. „Wir wissen nur nicht *wie.*"

„Oder wieso", fügte Cash hinzu. „Die Motivation des Studios ist offensichtlich Geld, aber es schockiert mich, dass Val daran beteiligt zu sein scheint."

Wren schüttelte den Kopf. „Val hätte das nicht getan. So etwas würde sie nicht tun. Glaubt ihr, es könnte Josie sein?"

„Warum denkst du, dass Val es nicht getan hat?", fragte Cash.

„Ich kann mir einfach nicht vorstellen, dass sie so

etwas tun würde. Sie war immer so streng bei allen ethischen Fragen."

Rox zuckte mit den Schultern. „Es könnte Val sein. Es könnte Josie sein. Oder beide."

Casimir wandte sich ihr zu. „Oh?"

„Vor ein paar Wochen hat Josie mich emotional manipuliert."

Cash hob eine Augenbraue. „Wie meinst du das?"

Rox streckte ihre leeren Hände vor sich aus. „Ich habe ihr gegenüber erwähnt, dass wir einige Unregelmäßigkeiten in Vals Verträgen gefunden haben, einige Klauseln, die einen Nachteil für unsere Klienten bedeuten würden, und sie hat gesagt, dass ich mir das nur einbilden würde, du darüber lügen oder dich einfach irren würdest. Sie hat mir das Gefühl gegeben, verrückt zu sein. Sie hat gemeint, dass sie der Meinung eines Juniorpartners nicht mehr Glauben schenken würde als Valerie, und mir zu verstehen gegeben, dass mein Job gefährdet wäre."

Cashs Kiefer presste sich zusammen. „Das hätte ich nicht von Josie gedacht."

„Ich auch nicht." Rox wandte sich Wren zu. „Was ist in dem Meeting heute Morgen sonst noch passiert?"

Wren sackte weiter in sich zusammen, umarmte schon beinahe ihre Knie. „Sie haben gesagt, dass wir mit den Ermittlern kooperieren und mit niemand anderem reden sollen, der Fragen stellt, besonders niemand anderem aus dem Büro. Sie haben gemeint, dass jeder, der Fragen stellt oder mit anderen Leuten als den Ermittlern spricht, seinen Job verlieren würde." Sie schaute auf, ihre kurzen

Wimpern berührten beinahe ihre Oberlidfalte. „Ich glaube, sie hat euch beide gemeint."

Casimir schaute zu Rox rüber und atmete hörbar aus. „Wren, geh zurück an deinen Tisch. Wenn jemand fragt, worüber wir gesprochen haben, sag einfach, dass du dich nach der Narbe auf meiner Wange erkundigt hast." Er deutete auf den kleinen Streifen knorriger Haut unterhalb seines Wangenknochens. „Bei dem Unfall haben Glassplitter mein Gesicht aufgeschlitzt."

Rox zuckte zusammen und flehte Wren telepathisch an, kein großes Aufheben darum zu machen.

„Oh." Wren schaute ihn mit verengten Augen an. „Du hast da tatsächlich eine Narbe."

Er blinzelte. „Ja."

„Wenn du deinen Bart etwas wachsen lässt, würde niemand wissen, dass da etwas ist." Sie lächelte ihn an. „Ein Dreitagebart hat dir schon immer gut gestanden. Es hat einen gewissen Holzfällercharme, auch wenn ich mir dich nicht in einem karierten Hemd vorstellen kann."

„Ich werde das im Hinterkopf behalten", meinte er.

„Okay. Dann weiß ich jedenfalls, was ich den anderen erzählen werde." Erleichterung schwang in Wrens Stimme mit.

„Geh jetzt am besten", riet Cash ihr, „bevor du verdächtig lange hier drin bist."

Casimir, ermahnte Rox sich. *Nicht Cash. Casimir.* Himmel, das würde nicht so einfach werden.

Wren floh praktisch aus dem Zimmer, die Geräusche ihrer Schritte wurden von dem Teppich gedämpft. Die Tür fiel hinter ihr ins Schloss.

Rox schaute auf ihre Hände runter, die in ihrem

Schoss lagen. „Wir können dann wohl mit niemandem reden."

„Es ist sowieso gleich Zeit für mein Meeting mit Val", sagte Cash.

Rox sah ihn mit gerunzelter Stirn an. „Was meinst du mit *dein* Meeting? Ich gehe mit dir."

„Nein, gehst du nicht. Wenn es schlecht läuft, will ich nicht, dass du auch deinen Job verlierst."

„Ja, dir könnte nichts anderes übrigbleiben, als mit mir und den Katzen in einer Ein-Zimmer-Wohnung zu leben."

„Du hast keine Ein-Zimmer-Wohnung."

Sie grinste ihn an. „Ich werde mir eine besorgen, nur um zu sehen, ob du da reinpasst."

Er lachte. „Vergiss nicht, dass wir dieses Wochenende nach Amsterdam fliegen, was immer auch passiert. Falls wir beide unsere Jobs verlieren sollten, könnten wir einfach in Europa bleiben."

Rox rollte mit den Augen. „Ich glaube nicht, Kumpel. Es hat eine halbe Ewigkeit gedauert, bis ich es nach Kalifornien geschafft habe. So leicht gebe ich den Strand und den Sonnenschein nicht auf."

„Die Niederlande liegen direkt am Meer. Scheveningen hat einen sehr schönen Strand, und auch innerhalb von Amsterdam gibt es einen Strandbereich."

„Ich dachte, Holland liegt unter dem Meeresspiegel und deshalb habt ihr diese Dämme, Windmühlen und all das."

„Wir haben trotzdem Strände."

„Von Sonnenschein hast du allerdings nicht gesprochen", stellte sie fest.

Er zuckte mit den Schultern. „Manchmal ist es sonnig. Das Wetter ist oft wechselhaft."

„Klasse. *Wechselhaft.*"

„Mit etwas Glück sollte das Wetter am Wochenende gut genug sein, um am Strand sitzen zu
können. Pack einen Badeanzug ein."

Rox schnaubte. „Das werde ich. Ein Strand
unter dem Meeresspiegel. Das muss ich sehen."

Kapitel Sieben

AMSBERG GEGEN ARBEITMAN, RUNDE DREI

$\mathcal{R}$ox' schwere Handtasche, die sie sich über die Schulter geworfen hatte, prallte immer wieder gegen ihren Rücken, während sie auf Valerie Arbeitmans Büro zuging. Cash lief neben ihr, seine langen Beine machten weit ausholende Schritte, sodass sie traben musste, um mit ihm mitzuhalten.

Casimir, verflixt. Nicht Cash. Es würde definitiv noch etwas dauern, bis sie sich daran gewöhnt hatte.

Er trug seine Aktentasche und ein paar Seiten des DiCaprio-Vertrags mit den problematischen Stellen, die sie ausgedruckt hatten.

Als sie an Wrens Tisch vorbeikamen, schaute diese nicht einmal zu ihnen hoch. Ihr blondes Haar hing wie ein Vorhang vor ihrem Gesicht.

Sie bahnten sich ihren Weg durch die labyrinthartige Arbeitskabinenfarm, und niemand schaute ihnen in die Augen. Alle schienen sehr mit dem beschäftigt, was gerade auf ihren Computerbildschirmen angezeigt wurde, was auf ihren Tischen lag oder sich zu ihren Füßen abspielte.

Rox beeilte sich, um mit Cash Schritt zu halten. Normalerweise machte es ihm nichts aus, für sie etwas abzubremsen, aber wenn er aufgebracht war, holten seine langen Beine noch weiter aus als sonst.

Vor Valeries Tür blieb Cash stehen und schaute mit zum Anklopfen erhobener Hand zu ihr zurück.

„Ich bin hier", sagte Rox leicht atemlos vom schnellen Laufen.

Er beugte sich runter und wisperte ihr zu: „Wenn es eine schlechte Wendung nehmen sollte, lauf zur anderen Seite über. Lass dich nicht feuern."

„Ich werde dich nicht einfach hängen lassen."

„Ich werde mit dieser Sache aller Wahrschein-lichkeit nach zum Ethikausschuss gehen müssen. Dann werde ich dich hier brauchen, um Dokumente für mich zu besorgen."

„Das gefällt mir ganz und gar nicht, Casimir." Hey, diesmal hatte sie es richtig hinbekommen. „Ich will an keinem Ort arbeiten, wo solche Dinge vor sich gehen."

Er klopfte an die Tür. „Wechsle die Seiten, wenn sie droht, mich zu feuern. Nein, sag am besten nichts, bis absehbar ist, wie sich die Sache entwickelt."

Im Büro erklang eine Frauenstimme: „Herein."

Casimir öffnete die Tür.

Drinnen standen sowohl Valerie als auch Josie um den großen Schreibtisch herum und warteten, dass sie hereinkamen. Rox konnte sehen, dass beide Seniorpartnerinnen ihre bitterernsten Mienen aufge-setzt hatten, als machten sie sich für eine taffe Gerichtsanhörung bereit.

Oh, oh.

„Kommt rein", sagte Val. „Wir müssen mit euch beiden reden."

Anscheinend war es bereits zu spät, um die Seite zu wechseln. Rox trat nach Cash ein und setzte sich auf einen Stuhl.

Casimir blieb stehen und klatschte die Seiten vom DiCaprio-Vertrag auf Vals Tisch. „Was hat das zu bedeuten?"

Val schaute auf die Seiten runter, nahm sie aber nicht hoch, um sie zu lesen. „Es ist egal, was das ist. Ihr habt die Rechtsassistenten und Verwaltungsmitarbeiter nach diesen ‚Unregelmäßigkeiten' in den Verträgen gefragt, die die Agenten uns einreichen. Das verstößt gegen die Richtlinien der Anwaltskanzlei."

„Was ihr tut, verstößt gegen jeden ethischen Standard. Wenn das nicht sofort aufhört, werde ich es vor die Ethikkommission bringen müssen. Zudem müssen alle bisherigen Verträge abgeändert werden, um sie ethisch vertretbar zu machen."

Rox wollte am liebsten aufspringen und ihm applaudieren. *Zeig es ihnen, Cash.*

Nein.

Moment.

Casimir.

Zeig es ihnen, Casimir.

„Ms. Silverman und ich sind uns einig", sagte Val. „Wir beenden deine Partnerschaft mit dieser Anwaltskanzlei, Cash."

Er beugte sich über den Tisch und lehnte sich näher zu ihnen. „Ihr werft mich nur raus, um zu vertuschen, was ihr tut."

Vals Stimme wurde lauter. „Wir werden dich

zum zuvor vereinbarten Preis auszahlen. Mit sofortiger Gültigkeit bist du nicht länger in dieser Firma angestellt und musst die Räumlichkeiten umgehend verlassen."

„Das ist unethisch. Illegal. Ich werde dafür sorgen, dass man euch die Lizenz entzieht."

„*Mir* wird man nicht die Lizenz entziehen. *Dir* vielleicht schon."

„Ihr habt Klienten hintergangen."

„Wem denkst du, wird man eher glauben? Einem Juniorpartner, der erst seit ein paar Jahren hier ist, oder *mir*, einer Seniorpartnerin, die seit Jahrzehnten in dieser Branche gearbeitet hat? Ich kenne die meisten Leute in der staatlichen Ethikkommission. Ich habe mit drei von ihnen studiert und mit zwei anderen geschlafen. Außerdem haben wir ausreichend Beweise dafür, dass du und Ms. Neil hier jahrelang Klienten auf Geheiß der Studios hintergangen habt."

„Ich?" Rox griff nach den Armlehnen ihres Stuhls. „Ich habe nicht einmal die Autorität, die Dokumente zu verändern. Ich kann Anmerkungen machen, aber nichts verändern."

Als Val sie anschaute, waren die braunen Augen der Anwältin kalt und düster. „Du hast die Dokumente für Cash ausgecheckt, damit er sie verändern kann. Du hast Wrens Identifikationscodes benutzt, um die Dokumente rauszuschmuggeln und zu verschleiern, dass du es warst. Du könntest auch Cashs Login-Informationen benutzt haben, um sie selbst zu ändern."

„Ich weiß nicht einmal ..." Aber natürlich wusste Rox Wrens Login-Codes, und auch die von Cash. Sie hatte Wren so oft dabei geholfen, sich im Dokumentenkontrollsystem anzumelden, weil sie selbst es einfach nicht hinbekam. Und Rox erledigte auch Sachen für Cash in seinen Dokumenten.

Verdammt.

Val starrte sie immer noch an. „Und wenn du sie in die Cloud hochlädst, verändert sich plötzlich der Wortlaut zum Nachteil unserer Klienten."

„Das stimmt nicht", widersprach sie. „Wir haben den DiCaprio-Vertrag seit dem Treffen mit seinen Anwälten nicht angerührt. Sie haben uns den neuen Entwurf gestern Abend geschickt. Aber der Wortlaut wurde heute Morgen um sechs Uhr geändert. Er muss von jemandem geändert worden sein, der im Büro war, und wir kamen erst nach zehn an."

„Ich glaube, du hast es getan", beharrte Val. „Ich glaube, du bist heute Morgen ins Büro gekommen und hast dich mit Wrens Informationen eingeloggt. Sie ist niemals vor neun hier, also musst du es gewesen sein. Ich glaube, ihr zwei habt all die Verträge geändert."

„Nachdem du von deiner Arbeitspause zurück warst, hatten wir keinen Zugriff auf oder Bearbeitungsrechte für deine Verträge. Trotzdem sind es deine Verträge, die die problematischen Klauseln aufweisen", sagte Casimir.

„Und dennoch", mischte Josie sich ein, „glauben wir, dass ihr es getan habt, und dass wir keine problematischen Klauseln mehr entdecken werden, sobald ihr gefeuert seid."

Rox gefiel nicht, wie Josie das formuliert hatte. Ja, sie würden aufhören, die Probleme zu *entdecken*, schon klar. „Wir haben das nicht getan."

„Wir denken schon, dass ihr das getan habt", sagte Val. „Und wir sind uns einig, dass ihr sofort die

Räumlichkeiten verlassen müsst. Geht nicht zu euren Schreibtischen. Sprecht mit niemandem. Die Security sollte draußen vor meiner Tür warten und euch aus dem Gebäude begleiten."

Rox sprang empört auf. „Soll das ein schlechter Scherz sein? Ihr wollt uns von der Security rauswerfen lassen?"

„Sofort", sagte Josie. Die wütende Art, wie sie ihren Kiefer zusammenpresste, brachte Rox noch mehr auf die Palme.

„Ich will meinen Gummibaum", sagte Rox. „Ich habe diese Pflanze von einem kleinen, verkümmerten Setzling großgezogen, den Melanie nicht mehr aufpäppeln konnte. Ich will meine Pflanze."

Cash schaute zu ihr, seine Augen ungläubig geweitet, sagte aber nichts.

Val warf die Hände in die Luft. „Na schön. Du kannst deinen Baum haben, aber das ist alles."

„Die Pflanze ist groß", wandte Casimir ein, „Und sie steckt in einem schweren Topf. Rox kann das nicht selbst tragen. Ich muss den Baum für sie tragen."

„Gut. Geh mit ihr und hol ihre verdammte Pflanze, aber die Securitymänner werden euch begleiten. Gebt uns keinen Grund, uns bei der Ethikkommission auch noch wegen körperlichem Widerstand über euch zu beschweren."

Casimir trat zur Seite, und Rox ging vor ihm aus Vals Büro heraus. Zwei Securitymänner warteten draußen auf sie und folgten Rox und Casimir zu ihrem Büro.

Rox lief direkt in ihr Büro hinein, und als Casimir im Türrahmen stehenblieb und die Arme hob, um sich gegen den Türrahmen zu lehnen, schnappte sie sich ein USB-Stick-großes Ding von ihrem Schreibtisch, das sie mit einer Hand an ihr Bein gedrückt hielt, sodass niemand sehen konnte, dass sie etwas hatte.

Ihr riesiger Gummibaum stand immer noch neben dem Fenster, wo sie ihn hingezogen hatte, seine Blätter drückten sich gegen das Glas, blockierten den Securitymännern die Sicht, die versuchten, an ihm vorbei zu sehen.

„Hey!", sagte einer der Kerle. „Sie nehmen doch nicht etwas mit, oder?"

„Nein", rief Rox zurück und griff nach ihrer Lieblingstasse. „Jedenfalls nichts Wichtiges."

Auf der Tasse stand *Arbeitsehefrau*. Casimir hatte sie ihr vor ein paar Monaten geschenkt, zusammen mit einem kleinen Blumenstrauß, den er reingesteckt hatte.

Ja, sie wollte die Tasse mitnehmen.

Casimir stellte seine Aktentasche neben dem Blumentopf auf den Boden, dann bückte er sich und griff nach dem schweren Tonbehälter.

„Warte", sagte sie. „Bist du sicher, dass du das heben solltest?"

„Es geht mir gut", versicherte er ihr. „Ich kann das tragen. Ich habe …" Er schaute zu den zwei Sicherheitsmännern. „… schon schwerere Sachen als das getragen."

„Ich will nur nicht, dass du dir wehtust, weißt du? Das ist die Pflanze nicht wert. Lassen wir sie einfach für den Nächsten, der das Büro bekommt, hier. Wer immer das auch sein mag."

Der Securitymann auf der linken Seite verschränkte die Arme vor der Brust und seufzte.

„Wir müssen Sie zwei aus dem Gebäude eskortieren."

„Komm schon", sagte sie, hob ihre schwere Handtasche hoch und warf sie sich wieder über die Schulter. „Lass uns gehen."

Als sie die Lobby durchquerten, rannte Melanie zu ihnen, mit einem braunen Umschlag in der Hand. „Cash! Rox!" Sie drückte Rox den Umschlag in die Hände.

Rox schaute auf den Umschlag, aber es stand nichts drauf. „Was ist das?"

„Das Entschädigungsangebot deiner alten Vermietung." Melanie schaute hinter sich, als würde sie mit Attentätern rechnen, die sich auf sie stürzen könnten. „Ich habe noch einiges zu erledigen." Damit eilte sie davon.

Rox zog die Dokumente aus dem Umschlag und überflog sie.

Die Zahl, die im ersten Paragraphen stand, hatte viele Nullen.

Wirklich viele.

Ein Schlüssel rutschte aus dem Umschlag und fiel auf den Teppichboden.

„Heiliger Bimbam!", sagte sie fassungslos. „Ich wollte nur meine Sachen und meine Kaution zurück."

Casimir hob den Schlüssel auf und führte sie am Ellenbogen weiter. „Wir sollten gehen. Die Herren von der Security werden nervös."

In der Tat spielten sie mit ihren Walkie-Talkies herum, als würden die knackenden Kommunikationsgeräte irgendeinen Druck auf Rox ausüben. „Das ist genug, um ein Haus zu *kaufen.*"

„Es ist illegal, die Wohnungstür von jemandem

zu verriegeln, ohne vorher das offizielle Räumungs-
verfahren beantragt zu haben, was Monate dauert.
Das habe ich erwähnt, ihnen ein paar Fotos der
Verriegelungsbox sowie die ordnungsgemäßen
Statuten geschickt, woraufhin die Vermietung
panisch wurde und eine Entschädigungszahlung
angeboten hat. Ich habe eine nette Summe für dich
ausgehandelt, wofür du als Gegenleistung
versprichst, den Fall nicht an die Staatsanwaltschaft
weiterzugeben. Der Schlüssel gehört zu einem
Lagerraum mit deinen anderen Besitztümern."

Rox starrte erneut die gigantische Summe an.
„Du hast sie erpresst?"

Nicht dass ihr das sonderlich leidtäte. Die Haus-
verwaltung hatte vorgehabt, sie ohne ihre Katzen
auszusperren, und hätte dann Gott weiß was mit
ihren pelzigen Lieblingen getan.

Casimir zuckte mit den Schultern. „Wenn ein
Anwalt die Interessen seines Klienten vertritt, ist das
keine Erpressung, sondern eine *Verhandlung*."

Kapitel Acht

SCHÜSSE

*R*ox fuhr den vollen Freeway entlang, während Casimir auf dem Beifahrersitz vor Wut kochte. Der Verkehr floss und strömte um sie herum, ein rauschender Fluss aus Autos, in dem Rox von einer Spur zu anderen wechselte.

„Warum tun Val und Josie nur so etwas?", fragte Casimir. „Jetzt werde ich definitiv zur staatlichen Ethikkommission gehen. Wenn die beiden mich nicht gefeuert hätten, hätte ich wahrscheinlich weiter versucht, die Probleme aus dem Inneren der Kanzlei zu lösen."

„Ja, sie haben uns wirklich hochkant rausgeworfen." Nervosität überkam sie bei dem Gedanken, ihren Job verloren zu haben. Und dann war da auch noch die enorme Geldsumme von ihrer alten Vermietung.

Zu viel Adrenalin.

Sie schaute zu den Hügeln, die sich zu beiden Seiten des Freeways erhoben. Die steilen Anhöhen waren in herbstliche Farben getaucht. Falls jemand sie von der Seite rammte, würden sie wenigstens keine Böschung runterstürzen. Seit Casimir ihr von dem Unfall in seiner Kindheit erzählt hatte, hatte sie sich jedes Überschlagen des Autos und das Kreischen des sich verbiegenden Metalls vorgestellt, während sein kleiner Körper im Inneren herumgewirbelt wurde. Ihre Hände umklammerten das Lenkrad fester.

„Also, warum hast du den Token gestohlen?", fragte Casimir sie.

Rox zuckte mit den Schultern. „Nur um sie zu ärgern. Josie flippt jedes Mal aus, wenn einer davon fehlt. Diese zwei Verräterinnen werden stundenlang danach suchen, bevor sie heute Abend nach Hause gehen."

Er lachte „Wir müssen nicht mehr dorthin zurück, oder? Ich habe einen Haufen Verträge auf meinem Laptop zu Hause. Und du hast deinen Laptop in deiner Tasche. Wir sollten genug Beweise haben, dass wir einen Fall für die Ethikkommission zusammenstellen können. Damit sollte sie entscheiden können, ob sie die beiden verwarnt, ihnen die Lizenzen entzieht oder eine Strafanzeige erstatten will."

„Das ist mir relativ egal. Es geht mir nur gegen den Strich, dass wir gefeuert wurden, obwohl sie die Schuldigen sind. Deshalb habe ich den Token mitgehen lassen. Nur um bis zum Ende ein Miststück zu bleiben."

Peng! Ein lauter Knall ertönte.

Die Windschutzscheibe bekam eine Delle und unzählige Risse.

„Du lieber Himmel, vom LKW vor uns muss ein riesiger Stein runtergefallen sein", sagte sie.

Die spinnwebenartigen Risse in der Windschutz-scheibe zerteilten die Straße in tausende kleine Teile. Das Licht der Nachmittagssonne glühte in den Rissen, als hätte das Spinnennetz Feuer gefangen.

Rox verengte die Augen, um durch das kaputte Windschutzschild etwas zu erkennen, und warf dann einen Blick über die Schulter, bevor sie versuchte, an die Seite zu fahren.

„Halt nicht an", meinte Casimir. „Fahr weiter."

„Ich kann durch die Risse kaum etwas sehen." Das Auto rechts von ihnen war zurückgefallen, also wechselte Rox die Spur, um den Straßenrand zu erreichen. Sie fuhr auf den Seitenstreifen und bremste hart.

Als der SUV zum Stehen kam, zersplitterte Cashs Fenster nach innen, berieselte sie beide mit zerbrochenen Glasstücken.

„Ein Schuss. Sie schießen auf uns." Er griff nach ihrem Nacken, zog ihren Oberkörper zur Beifahrer-seite und kletterte über sie, schirmte sie mit seinem Körper ab. „Tritt aufs Gas. Jetzt. *Schnell!*"

Rox rammte ihren Fuß nach unten, und der SUV sprang nach vorne. Ihre Wange wurde gegen das Lederpolster gepresst und Cashs Jacke flatterte vor ihrem Gesicht herum. Der Sitzgurt schnitt in ihre Schulter.

„Mach meinen Gurt los, ich komme nicht an den Verschluss ran", sagte Cash.

Rox streckte eine Hand aus und tastete nach der Schnalle mit dem Knopf, um seinen Sicherheitsgurt zu lösen. Sie drückte darauf, und Cash konnte sich etwas einfacher über sie lehnen. Er lag nach vorne gekrümmt auf ihr und spähte über das Armaturen-brett, während er mit einer Hand fuhr.

Die Notbremse zwischen den Sitzen quetschte ihre Rippen, aber sie blieb flach auf den Sitzen liegen, versuchte sich so wenig wie möglich unter Casimir zu bewegen, damit er den SUV lenken konnte.

Ein weiterer Knall erschütterte den Wagen. Glassplitter wirbelten durch die Luft, kamen über die Rückenlehne des Sitzes geflogen und rieselten auf ihren Rücken hinunter.

Rox schlang die Arme um Casimirs Taille, um sie beide zu stabilisieren. Wenn das Auto sich jetzt überschlug, würde er durch die kaputte Windschutz-scheibe fliegen.

„Schneller", sagte Cash. „Mehr Gas."

Sie zögerte.

Mehr Gas bedeutete eine stärkere Beschleuni-gung, mehr Geschwindigkeit, wenn sie irgendwo gegenfuhren und sich überschlugen.

Er würde aus dem Fenster fliegen. Sie könnte ihn nicht festhalten.

Eine weitere Kugel traf den SUV. Mehr Glas prasselte auf sie nieder.

„Jetzt!"

Rox trat das Gaspedal durch.

Der Motor heulte auf.

Der SUV schoss nach vorn.

„Komm schon, komm schon", murmelte Casi-mir. Er kurbelte am Lenkrad, fuhr auf eine Ausfahrt. „Jetzt brems."

Rox trat auf die Bremse. Die Reifen des SUVs quietschten unter ihnen. Sie schlitterten und blieben dann stehen.

„Bleib unten", wies Casimir sie an.

Er richtete sich etwas auf, schaute sich um, und

Rox holte tief Luft, als sein Gewicht sich von ihr hob. „Sind wir in Sicherheit?", fragte sie.

Ein Knall und ein Klirren hallten durchs Auto, als Metall auf Metall traf.

„Nein", sagte Casimir. „Gib Gas."

Rox trat aufs Gaspedal, und Cash manövrierte das Auto einige Straßen weiter, während er ihr Anweisungen zumurmelte. Es war ein Wunder, dass sie mit niemandem zusammenstießen, aber nach einigen Minuten ließ Cash sie erneut bremsen. Der Schalthebel neben ihrer Taille bewegte sich, und der SUV ruckelte leicht, als das Getriebe in den Parkmodus wechselte.

„Ich glaube, wir haben den Schützen abgehängt", sagte Casimir.

„Was zur Hölle war das?", fragte Rox, die immer noch seine Taille umklammerte.

Er richtete sich etwas auf, lehnte sich wieder zurück zum Beifahrersitz, obwohl er weiterhin eine Hand am Lenkrad behielt und die Umgebung musterte. „Ich glaube, der Scharfschütze war der Grund, warum Val uns so schnell aus der Kanzlei raushaben wollte. Ich überdenke meine Einschätzung, dass mein Autounfall nur ein Zufall war."

„Was du nicht sagst, Sherlock!" Rox schob Casimir von sich runter und stemmte sich dann mit den Armen hoch. „Ich kann nicht glauben, dass Val dich wegen dieser Sache umbringen will!"

„Ich bin mir nicht so sicher, ob es Val ist", meinte er und packte den Türgriff, um sich hochzuziehen. „Ich glaube, sie hat versucht, mich zu warnen. Als ich Anfang der Woche mit ihr gestritten habe, hat sie mich gewarnt, dass ich nicht alle Zusammenhänge kenne, die Sache abhaken und dafür sorgen soll, dass du nichts damit zu tun hast. Ich glaube, Val und Josie werden entweder bedroht oder erpresst." Er schaute zu den zerstörten Fenstern. „Wahrscheinlich bedroht."

Ein Polizeiwagen fuhr mit heulender Sirene und flackerndem Licht auf sie zu. Eine Polizistin sprang aus der Tür und duckte sich hinter das Fahrzeug, richtete ihre Pistole über das Autodach hinweg auf Rox und Casimir: „Steigen Sie aus dem Wagen aus!", rief sie.

„Whoa!" Rox drückte den Knopf, um das Fenster auf der Fahrerseite runterzufahren, und hielt ihre leeren Hände hoch. „Jemand hat auf uns geschossen. Wir sind unbewaffnet und haben nichts Falsches getan."

Die Polizistin hob den Kopf, sodass sie nicht mehr direkt durch das Visier ihrer Waffe spähte. Sie musterte sie beide, die Sonne schimmerte auf dem polierten Schirm ihrer Mütze, als sie den Kopf schieflegte. „Jemand hat auf Sie geschossen?"

Hinter Rox ertönte Casimirs Stimme: „Es gab einen Scharfschützen. Wissen Sie, auf wie viele Autos er geschossen hat?"

„Auf ein paar, wie es aussieht. Geht es Ihnen gut?", rief sie über ihren Wagen hinweg.

„Ja, ich glaube schon", antwortete Rox. „Wir stehen nur etwas unter Schock."

„Das wette ich." Die Polizistin steckte ihre Pistole weg und ging ums Fahrzeug herum zu ihnen, wobei ihre Finger jedoch weiterhin in der Nähe ihres Holsters schwebten. „Brauchen Sie einen Krankenwagen oder andere medizinische Hilfe?"

„Ich glaube, uns fehlt nichts", sagte Casimir.

Die Polizistin stellte sich vor die Fahrertür. „Kann ich Ihre Ausweise sehen?"

„Ich werde mein Portemonnaie aus meiner Tasche nehmen", kündigte Casimir mit immer noch erhobenen Händen an.

„In Ordnung, Sir", erwiderte die Beamtin, ihre Finger berührten leicht den Griff ihrer Pistole.

„Und ich werde etwas in meiner Handtasche rumwühlen müssen", sagte Rox. „Es ist etwas chaotisch da drin."

„In Ordnung, Ma'am." Die Schultern der Polizistin entspannten sich, und Rox wandte sich ab, um in ihrer Handtasche nach ihrem Geldbeutel zu kramen.

Casimir reichte der Polizistin über Rox' Schulter hinweg seinen Führerschein. „Ich habe einen weiteren Ausweis und den Mietvertrag für den SUV in meiner Aktentasche. Ansonsten sind da nur noch ein paar weitere Papiere und ein Laptop drin."

„Alles klar", erwiderte die Beamtin. „Bewegen Sie sich bitte langsam, wenn es Ihnen nichts ausmacht."

„Natürlich, Madam." Er glitt mit den Fingerspitzen in eine Seitentasche seiner Aktentasche und holte ein dünnes, rotgoldenes Heftchen heraus. Der auf der Vorderseite prangende Löwe sah irgendwie so aus wie das Tattoo an Casimirs Unterarm.

Die Polizistin streckte eine Hand über Rox' Schulter aus, um das Dokument entgegenzunehmen, während Rox immer noch zwischen Dosen mit Pfefferminzbonbons, Kaugummis, Taschentüchern, Tampons und Quittungen nach ihrem Portemonnaie herumtastete. Als Casimirs Reisepass an ihrem Gesicht vorbeikam, erhaschte sie einen Blick auf den

Schriftzug, der vorne drauf stand: *Diplomatiek Paspoort.*

Die Worte mochten Niederländisch sein, aber Rox konnte sich denken, was sie bedeuteten. Sie war immer noch so mitgenommen von dem Erlebnis, fast erschossen worden zu sein, dass sie beinahe kichern musste, als sie realisierte, dass auf seinem diplomatischem Pass „poo" stand, das englische Wort für Kacke.

Schließlich fand Rox ihr dickes Portemonnaie in ihrer Handtasche und öffnete es. Verdammt, sie hätte es schon längst mal wieder ausmisten sollen. Es war so voll, dass es aussah, als hätte sie ein ganzes Kartendeck reingestopft.

„Er ist hier." Rox schaute zurück zur Polizeibeamtin, während sie mit den Fingernägeln Treuekarten, Kreditkarten und ihren Fitnessstudioausweis voneinander trennte. „Ich schwöre, mein Ausweis ist hier drinnen."

„Lassen Sie sich Zeit." Die Beamtin untersuchte das kleine Heftchen in ihrer Hand und fragte Casimir: „Ist das echt?"

„Ja, Madam", sagte er.

„So etwas sehen wir nicht alle Tage."

Casimir zuckte mit den Schultern. „Ich kann jemanden anrufen, wenn Ihnen das lieber wäre."

„Alles in Ordnung. Ich werde es nur überprüfen müssen."

In dem Haufen an Karten in ihrem Portemonnaie fand Rox endlich ihren Führerschein. Sie hielt ihren Daumen über das peinliche Foto, sodass Casimir es nicht sehen würde, und reichte ihn der Polizistin. „Gefunden."

„Vielen Dank, Ma'am. Ich werde die Dokumente kurz überprüfen." Die Beamtin ging zurück zu ihrem Auto und stieg vorne ein.

„Was war das?", fragte Rox.

Cash hob eine Augenbraue. „Was meinst du?"

„Dieser diplomatische Reisepass."

„Ich nehme normalerweise meinen Diplomatenpass, um mich auszuweisen. Das erspart mir Knöllchen."

„Es geht hier nicht um Knöllchen fürs Falschparken."

„Und wir haben auch nichts Falsches getan. Wir waren die Opfer eines Verbrechens, und der Pass wird dabei helfen, alles wieder einzurenken."

„Warum braucht ein Anwalt einen Diplomatenpass?"

Er schaute ihr direkt in die Augen, und obwohl er nicht wütend wirkte, sah er aus, als hätte er ein Resting Bitch Face. Es war der ernste Ausdruck, den er sonst aufsetzte, wenn er mit dem gegnerischen Anwalt zu tun hatte. „Alle niederländischen Staatsbürger in Amerika besitzen einen Diplomatenpass. Es gibt nur fünfzig von uns."

„Das glaube ich nicht", meinte Rox.

„In Ordnung. Aber lass uns später darüber reden."

„Oh, das werden wir. Darauf kannst du dich verlassen."

Ein leichtes Lächeln stahl sich in seinen sonst leeren Gesichtsausdruck. „Ich schätze, das sollten wir."

Vier weitere Polizeiautos kamen mit heulenden Sirenen und flackernden Lichtern auf den Parkplatz gerast. Sie stellten sich im Kreis um das erste Polizeiauto und ihren SUV.

„Cash, gibt es etwas, das du mir sagen solltest?"
Rox hob langsam die Hände, machte keine plötzlichen Bewegungen, die falsch verstanden werden könnten.

Die neu angekommenen Polizeibeamten sprangen aus ihren Wagen, zogen ihre Waffen und musterten den Parkplatz um sie herum.

„Was zum Geier geht hier vor sich?", fragte Rox ihn.

„Wir waren Opfer eines Gewaltverbrechens", meinte Casimir. „Sicherlich ist die Polizei hier, um uns zu beschützen."

Die Polizistin von vorhin kam zum SUV zurück und gab ihnen ihre Ausweise zurück. „Vielen Dank für Ihre Kooperation, Sir, Ma'am. Es steht Ihnen frei zu gehen. Benötigen Sie zusätzliche Hilfe, einen Abschleppwagen oder medizinische Dienste? Sollen wir Sie nach Hause fahren?"

„Ähm, nein danke?" Rox hatte noch nie davon gehört, dass einem die Polizei in Kalifornien anbot, einen nach Hause zu fahren.

In ihrer Heimat, sicher. In ihrer Heimat boten Polizisten an, einen nach Hause zu fahren, wenn man aus einer Kneipe rauskam und noch nicht in sein Auto gestiegen war, nur um sicherzugehen, dass alle sicher heimkamen.

Aber in Kalifornien? Das war seltsam.

„Vielen Dank, Officer", sagte Casimir. „Es wäre sehr nett, wenn Sie uns nach Hause fahren könnten."

„Das ist nicht nötig", meinte Rox. „Wir können ein Taxi rufen, oder ich könnte Brandy, Wren oder jemand anderen bitten, uns abholen zu kommen."

Sie wandte sich an die Polizistin: „Ich bin mir sicher, dass wir Sie nicht weiter belästigen müssen."

„Ich glaube, dass es in einem amtlichen Fahrzeug mit einer Polizeieskorte sicherer für Sie wäre, Ma'am", sagte sie.

Einer der anderen Polizisten, auch eine Frau, schaute über die Schulter zu ihnen und sagte: „Sie sollten unser Angebot annehmen, Sir. Ich werde Sie fahren."

„Ich war die Erste vor Ort", rief die Polizistin neben Cash und Rox ihrer Kollegin zu. Als sie den Kopf drehte, konnte Rox sehen, dass die Frau ihr schwarzes Haar auf dem Hinterkopf zu einem komplizierten Dutt zusammengeflochten hatte. „Ich werde sie nach Hause fahren."

„Ich habe das entsprechende Fahrsicherheitstraining absolviert und stehe im Rang über dir", gab die andere Frau zurück.

„Aber ich war die Erste vor Ort!"

Rox lehnte sich zu Cash rüber und wisperte: „Ach herrje, du hast nicht mit den beiden geschlafen, oder?"

„Nein", sagte Casimir. „Es ist der Diplomatenpass. Der bringt in allen das Beste heraus."

Sie sah ihn mit verengten Augen an, konnte aber nicht sicher sagen, ob er scherzte oder es ernst meinte.

„Vielen Dank, meine Damen. Wir wären sehr dankbar, wenn Sie uns nach Hause fahren könnten", rief Casimir ihnen zu.

Kapitel Neun

WIEDER ZURÜCK AUF DER HAZIENDA

*I*n Begleitung ihrer Polizeieskorte kehrten Rox und Casimir nach Hause zurück.

Rox ging zügig hinein. Ihre Beine begannen, unter ihr nachzugeben. Sie stolperte beinahe auf ihren hohen Schuhen und blieb hinter der Garagentür stehen, um sich gegen die Wand zu lehnen.

Casimir stand neben ihr und lehnte sich nach draußen, um dem sich zurückziehenden Bataillon von Polizeiautos zuzuwinken. Dann fuhr das Garagentor ratternd herunter.

Rox hatte versucht, ihre Atmung zu beruhigen, aber sie keuchte immer noch, war bis ins Mark erschüttert. Sie würde sich nicht wie ein verängstigtes kleines Kaninchen aufführen, das zitternd in der Ecke hockte. Nein, niemals.

Dennoch kribbelten ihre Hände und sie schien nicht tief genug einatmen zu können, um das flatternde Gefühl in ihrer Brust zu besänftigen.

Draußen schloss sich das Garagentor mit einem Rums.

Casimir schlug die Tür neben ihr zu. Dann zog er sie in seine Arme und drückte sie rücklings gegen die Wand, seine Lippen stürzten sich auf ihre. Er küsste sie heftig, presste seinen Mund auf ihren und packte ihre Taille und ihren Hintern.

Wow, was ist nur in ihn gefahren?, dachte sie beinahe, aber ihr Körper reagierte auf seinen, in einem heißen Aufwallen verzweifelter Emotionen, die von den herabregnenden Glassplittern und den durch die Luft zischenden Kugeln tief aus ihrem Inneren hervorgeholt worden waren. Rox legte einen Arm um seinen Hals, ihre andere Hand umklammerte seine Taille, und schlang ein Bein um seinen Oberschenkel.

Er stöhnte in ihren Mund und seine Lippen rieben sich an ihren, bevor sie sich teilten, und Rox neigte den Kopf, um ihn inniger küssen zu können. Er schob ihr die Kostümjacke von den Schultern, wollte sie ihr ausziehen, aber ihre Arme verfingen sich in dem Stoff. Sie zerrte selbst an der Jacke, um ihm zu helfen, doch da fuhr er bereits mit einer Hand an ihrem Oberschenkel hoch, um ihren Rock bis zur Taille hochzuschieben. Er glitt mit den Fingern über ihre Hüfte und dann nach unten unter ihren Slip.

Seine kühlen Finger strichen über die erhitzte Haut zwischen ihren Beinen. Wohlige Schauer zogen sich durch ihren Körper, und Rox wimmerte. Seine Lippen öffneten sich weiter, und seine Zunge rieb über ihre, leckte sie, während seine Finger im selben Rhythmus ihre Klitoris liebkosten.

Sie drängte sich ihm entgegen, verzehrte sich nach jeder seiner Berührungen auf ihren Rippen, ihrer Taille und zwischen ihren Beinen. Sie musste spüren, dass er am Leben war, dass sie am Leben war, und dass ihre Welt nicht mit dem Schuss eines Scharfschützen oder einer Autoexplosion geendet hatte.

Er riss seinen Mund von ihrem los und stürzte sich auf ihren Hals, hob sie an den Oberschenkeln hoch und fing sie zwischen seinem harten Körper und der Wand ein. Rox schlang ihre Beine um seinen Rücken, wodurch ihr enger Rock an ihrer Taille noch höher rutschte.

Einer ihrer High Heels löste sich von ihren Füßen und fiel klackernd auf die spanischen Fliesen runter.

Casimir umfing ihre Taille mit einem Arm und fummelte mit der anderen Hand an seiner Hose. Rox versuchte ihm zu helfen, indem sie ihr Bein bewegte, küsste aber gleichzeitig auch seinen Kiefer und sein Gesicht, hielt sich an seinen Schultern fest und atmete sein Parfüm ein – ein schwacher Vanilleduft mit würziger Note. Seine Anzugjacke und der Kragen seines weißen Hemdes waren ihr ständig dort im Weg, wo sie seinen Hals lecken und beißen wollte, also griff sie nach seinem Krawattenknoten und zog daran, lockerte ihn. Seine leichten Bartstoppeln fühlten sich unter ihren Lippen wie rauer Sand an. Als sie an der zarten Haut über seiner Halsschlagader knabberte, zuckte sein Körper in ihren Armen und zwischen ihren Beinen.

Ihre Beine waren um seine Taille verschränkt, wodurch es ihr unmöglich war, ihren Slip auszuziehen. Er zerrte die dünne Seide aus dem Weg, und dann spürte sie, wie er sich gegen ihre Körpermitte drängte.

Sie warf den Kopf zurück und stöhnte, stieß mit

dem Kopf gegen die Wand hinter sich, als ihr Körper ihn in sich aufnahm. Er knurrte an ihrem Hals, hielt sie mit seinen kräftigen Armen hoch und schob sich in sie hinein. Sie glitt auf ihm runter, nahm ihn vollständig in sich auf. Seine harte Erektion füllte sie aus.

Casimir rammte sich hart in sie, knurrte und biss dort in ihren Hals und ihre Schulter, wo er ihre Bluse zur Seite gezogen hatte. Rox schloss keuchend die Augen und rief seinen Namen, *„Casimir"*, wieder und wieder, während er in sie stieß.

„Rox." Seine heisere Stimme klang, als würde er die Luft so angestrengt aus seiner Kehle herauspressen, wie er sich in ihren Körper presste. „Rox, ich liebe dich. Komm mit mir. Komm *jetzt."*

Sie fuhr wieder mit dem Mund über seinen Hals und zu seinem Gesicht hoch. Als ihre Lippen die kleine Stelle vernarbter Haut auf seiner Wange fanden, zuckte sein Kopf zurück, aber sie umklammerte seinen Hals und zog ihn zurück, sodass sie auch seine Narbe küssen konnte. „Casimir, ich liebe dich. Alles von dir. Nimm mich. Nimm mich *hart."*

Und das tat er, er presste sie gegen die Wand und rammte sich in sie hoch. Seine Lippen waren zurückgezogen, entblößten seine Zähne, während er sich in ihr vergrub. *„Komm jetzt."*

Mit jedem harten Stoß rieb er über ihre Klitoris und diese weiche, empfindliche Stelle in ihrem Inneren. Jeder Stoß füllte sie bis zum Bersten aus, verdichtete den Druck in ihr mehr und mehr, während sie sich an ihm festklammerte und seinen Namen keuchte.

Sie kratzte ihn, beanspruchte ihn für sich, klammerte sich an ihm fest, während er tief in ihr vergraben grunzte. Seine polierten Schuhe rutschten auf den spanischen Fliesen, als er schreiend ein letztes Mal in sie stieß und sein muskulöser Körper anfing zu zucken.

Die Heftigkeit ihres eigenen Orgasmus schlug über Rox zusammen, blendete sie und entfesselte einen Schrei aus ihrer Lunge. Woge um Woge rauschte durch ihren Körper, und eine ohrenbetäubende Stille explodierte in ihr.

Als sie wieder atmen, wieder sehen konnte, hielt Casimir sie in den Armen, streichelte ihr Haar. Ihr Mund war offen und sie rang nach Atem. „Ich hab dich", murmelte er. „Ich hab dich."

„Ich weiß", wisperte sie.

Casimir trug sie zum Sofa und sagte: „Ich hätte dich heute beinahe verloren." Sein Griff um sie wurde fester, bevor er wisperte: „Ich will dich heiraten, jetzt, heute Abend, aber wir können nicht. Auch wenn ich es will. So sehr."

Rox setzte sich auf und schob ihn zurück. „Meinst du das ernst?"

Er schaute sie mit seinen smaragdgrünen Augen an, lachte nicht, scherzte nicht. „Ich habe Arthur gestern Nacht gebeten, uns nach Las Vegas zu fliegen."

„Aber was, hatte das Flugzeug nicht genug Treibstoff?"

Er lächelte etwas mit der linken Seite seines Mundes. „Also hättest du Ja gesagt?"

Ihr schwirrte vor lauter Schock der Kopf, aber es fühlte sich so richtig an. Sie wollte nicht einfach nur mit ihm ausgehen, wie all die anderen Frauen es getan hatten. Sie hätte es nicht verkraftet, wenn er sie geghostet hätte.

„Ich, nun, ich weiß nicht." Sie erwiderte sein Lächeln, nur ein wenig. „Du hattest mich nicht einmal gefragt. Es wäre sehr anmaßend gewesen, spontan nach Las Vegas zu düsen und von mir zu erwarten, dich einfach so zu heiraten."

„Du weißt, dass ich arrogant wie sonst was bin. So hast du es glaube ich dutzende, wenn nicht sogar hunderte Male formuliert."

„Oh ja, das habe ich."

Er legte seine Arme um sie. „Du kennst mich zu gut."

„Da hast du recht." Sie umarmte ihn ebenfalls. „Und ich habe immer noch nicht Ja gesagt."

„Ich weiß." Er seufzte, sein muskulöser Körper sackte in ihren Armen zusammen. „Es gibt sowieso noch einige rechtliche Hürden, die ich erst überwinden muss."

Rox fiel nur ein mögliches rechtliches Hindernis ein. „Bist *du* mit jemand anderem verheiratet? *Daran* habe ich gar nicht gedacht."

Casimir lachte leise. „Nein, ich bin nicht verheiratet, und das war ich auch nie. Ich werde es dir gleich erklären. Lass mich nur vorher nachsehen, ob wir alles richtig verriegelt haben. Halt dich von den Fenstern fern."

Eine Fensterwand und die gläserne Verandatür blickten vor ihr auf den Ozean und den Himmel hinaus. „Ich bin mir nicht sicher, ob das überhaupt möglich ist."

„Ich bin gleich wieder da."

Rox richtete ihren Rock, kroch weiter aufs Sofa und beobachtete das Meer, hielt Ausschau nach irgendwelchen U-Booten oder Helikoptern, die sie angreifen wollten. Sie sammelte alle drei Katzen auf ihrem Schoß zusammen, während Casimir die Korridore und Räume überprüfte, an jedem Fenster und jeder Tür ruckelte, um sicherzugehen, dass sie fest verschlossen waren.

Die Katzen waren sich unsicher, warum Rox darauf bestand, dass sie alle auf ihr saßen. Speedbump trat immer wieder schwach mit seinem Hinterbein aus, um von ihr wegzukommen und Casimir durchs Haus zu folgen. Aber Rox hatte ihr ganzes Leben lang Katzen gehalten und wusste, wie man sie im Nacken packen musste, um sie auf ihrem Schoß zu behalten. Speedbump drückte sich ab und zu etwas hoch, um zu sehen, ob er entwischen konnte, aber er blieb, wo er war.

Pirate schwang seufzend seinen flauschigen Schweif hin und her und schaute mit seinem einen Auge zu ihr auf, aber er schien sich dem Schicksal zu ergeben, die nächsten paar Minuten auf ihrem Schoß verbringen zu müssen. Sie kraulte seinen Nacken, grub ihre Finger tief in sein dickes Fell, woraufhin sein Körper ganz schlaff wurde.

Cash kam wieder durchs Wohnzimmer gelaufen, öffnete die Garagentür, um zu kontrollieren, dass dort alles verschlossen war, und machte sich dann auf den Weg zum Gästezimmertrakt, um dort die Türen und Fenster zu überprüfen.

Nach seinem vierten Durchgang sagte Rox: „Casimir, Darling, warum setzt du dich nicht eine Minute zu mir?"

Als er sie anschaute, musste er eingesehen haben, dass es nicht viel bringen würde, die Türen und Fenster ein fünftes Mal zu überprüfen, denn er ließ sich neben ihr aufs Sofa fallen und legte einen Arm um ihre Schultern. Die Katzen wanderten von ihrem Schoß runter und legten sich um sie herum hin. „Ich hätte dich heute fast umgebracht."

„Hast du nicht. Sei nicht albern, Cash."

„Casimir", berichtigte er sie.

„Okay, Casimir hätte mich heute auch nicht fast umgebracht. Irgendein Scharfschütze hätte beinahe uns beide getötet, aber das war nicht deine Schuld."

„Ich hätte Security bei mir haben sollen."

„Ich weiß, dass du alles andere als arm bist, aber die wenigsten Leute haben eine private Armee aus Securitymännern. Abgesehen von Maxence, offensichtlich."

„Maxence und ich haben viel gemeinsam. Ich werde jetzt kurz telefonieren, um professionelle Security anzufordern."

„Wow. Der edle Herr kann mit nur einem Anruf Security heraufbeschwören."

Er schaute sie aus den Augenwinkeln an, ohne den Kopf zu drehen. „Wenn ich damit fertig bin, müssen wir uns unterhalten."

„Ernsthaft? Das hat dich beleidigt?"

„Ich bin nicht im Entferntesten beleidigt, aber wir sollten reden." Er holte sein Handy aus der Hosentasche und gab die Sprachanweisung: „Ruf Ana an."

Rox wollte ihn damit aufziehen, dass er in dieser Situation seine Schwester anrief, als wäre sie seine Mutti, aber er war am Telefon. Das könnte sie auch noch später tun.

Und vielleicht war Ana tatsächlich die Anführerin einer Söldnerarmee. Man konnte nie wissen.

Casimir telefonierte mit seiner Schwester auf Niederländisch, sodass Rox ihn nicht einmal belauschen konnte. Allerdings schaute er zwischendurch zu ihr, und sie war sich ziemlich sicher, dass sie auch ein paarmal ihren Namen gehört hatte. Die niederländische Sprache klang irgendwie entfernt wie Deutsch, nur etwas abgewandelt.

Sie hörte Ana zudem mindestens einmal kreischen.

Schließlich tippte er auf das Handydisplay, um den Anruf zu beenden. „Alles klar, morgen Nachmittag werden die Sicherheitskräfte eintreffen. Bis dahin müssen wir hierbleiben und uns von den Fenstern fernhalten."

„Arbeitet deine Schwester beim Militär oder so was?"

„Nein. Nun, gewissermaßen hat sie schon etwas mit dem Militär zu tun. Jedenfalls schickt sie Leute, um uns abzuholen. Wir werden morgen nach Amsterdam evakuiert. Hast du deinen Reisepass bei dir?"

„Ja, in meiner Handtasche." Es war mehr als einmal vorgekommen, dass sie und Casimir kurzfristig losgeflogen waren, um Klienten im Ausland zu treffen.

„Gut."

„Was ist mit den Katzen?", fragte sie und streichelte über Pirates vernarbten Kopf.

„Ich werde meine Haushälter bitten, sich um sie zu kümmern. Sie sind sehr zuverlässig. Wir sollten ungefähr eine Woche lang fort sein. Vorher werden wir noch der Ethikkommission unsere Anklage und Beweise einreichen, sodass die ganze Sache erledigt sein wird, wenn wir wieder zurückkommen. Die Anklage wird sich dann nicht mehr aufhalten lassen und derjenige, der den Scharfschützen angeheuert hat, sollte uns danach in Ruhe lassen."

„Bist du sicher?", fragte sie.

„Selbst wenn nicht, werden wir mit signifikanter Security zurückkommen. Niemand wird an uns rankommen können."

„Also werden uns Männer mit Pistolen vor anderen Männern mit Pistolen beschützen?"

„Ihre Gegenwart kann überraschend wirksam sein." Er hielt inne und nahm ihre Hände in seine. „Ich bin die Sache ganz falsch angegangen."

„Wie ich vorhin gesagt habe, der Scharfschützenangriff war nicht deine Schuld. Wie könnte überhaupt jemand Schuld an einem Scharfschützenangriff haben?", fragte sie ihn.

„Nicht das." Er glitt vom Sofa runter und kniete sich vor ihr hin, während er weiter ihre Hände hielt. Hinter ihm, vor der gläsernen Verandatür, schäumten sich die Wellen des grauen Meeres. „Ich bin die Sache ganz falsch angegangen. Lass es mich richtig tun. Roxanne Dolly Neil …"

Du lieber Himmel, er hatte sich ihren zweiten Vornamen gemerkt, von dem einen Mal in Québec, wo sie so betrunken gewesen war, dass sie ihm davon erzählt hatte.

„Ich habe von diesem Moment geträumt. Ich bin seit Jahren in dich verliebt, und endlich habe ich die Chance, dich zu halten, dir zu zeigen, was ich für dich empfinde, und ich will dich heiraten."

Er hatte sie in jener Nacht in ihr Hotelzimmer getragen und sie hatte geglaubt, dass sie nur geträumt hatte, wie er sie auf die Stirn geküsst hatte, bevor er durch die angrenzende Tür in sein eigenes Zimmer gegangen war, aber jetzt beschlich sie der Verdacht, dass es doch nicht nur ein Traum gewesen war.

„*Lieveke*, würdest du mir die Ehre und das Privileg erweisen, meine Frau, meine Prinzessin zu werden, damit ich dich lieben und bis zum Ende unserer Tage an deiner Seite sein kann?"

Rox atmete tief ein, um Ja zu sagen. Ihr Körper kribbelte immer noch davon, dass er sie an der Wand genommen hatte. Ihre Hände zitterten in seinen.

Alles, was er gesagt hatte, besänftigte ihre Ängste und ließ ihr Herz wieder schlagen.

Bewegungen.

Sie schaute über seine Schulter zu der Verandatür und aufs Meer hinaus.

Vor den Fenstern blitzte etwas im Sonnenlicht auf.

Wie ein abgestürzter Vogel fiel etwas draußen auf die Veranda.

Sie zeigte über seine Schulter. „Casimir, was ist …"

Er drehte sich um, um zu sehen, was sie meinte, und sah das kleine Bündel auf der Terrasse.

Er sprang auf sie zu.

„Was …", keuchte sie.

Seine Schultern drückten ihren Brustkorb flach aufs Sofa. Seine Arme schlossen sich um ihren Kopf, und er schirmte sie ab.

Feuer sprengte die Verandatür auf und wallte ins Zimmer.

Kapitel Zehn

ENTSCHEIDUNGEN

S engender Schmerz flackerte über Casimirs Rücken.

Die Flammen von der Explosion waren schnell wieder verschwunden, aber Rauch stieg bereits im Haus auf und stach in seiner Nase.

Um ihn herum ertönte das schrille Kreischen des Feueralarms.

„*Renn.*" Er zog Rox auf die Füße. „*Renn!*"

Sie stolperte, war sichtlich mitgenommen von der plötzlichen Explosion. Einer ihrer Schuhe fehlte, aber sie bewegte sich auf die Garagentür zu.

Wassertropfen fielen auf ihn runter, als die Sprinkleranlage sich anschaltete, aber das Feuer breitete sich weiter aus, kroch an der Decke entlang.

Casimir machte einen Schritt nach vorn. Etwas war unter seinem Fuß, ein mattes Fellknäuel lag auf dem Boden.

Er griff nach der Katze – Speedbump, nach seinem grauen Fell zu urteilen – und legte ihn sich über einen Arm. Das Tier wand sich schwach umher, kratzte ihn aber nicht. Ein weiterer Schritt, und er fand Midnight, die schwarze Katze, die sich hinter der Armlehne des Sofas verkrochen hatte und ihr Gesicht gegen das Polster presste, um sich vor dem schrillen Alarm und dem herabregnenden Wasser zu verstecken. Er packte Midnight im Nacken und legte ihn neben Speedbump über seinen Arm.

„Geh!", brüllte er Rox zu. „*Renn!* Mach das Garagentor auf."

Rox rannte zur Tür, zögerte kurz, bevor sie ihre Handtasche und seine Aktentasche vom Boden aufhob.

Casimir hielt die zwei Katzen, Speedbump und Midnight, in einem Arm.

Nur zwei Katzen.

Pirate. Die letzte, die hässliche Katze mit nur einem Auge und den abgekauten Ohren, musste auch irgendwo hier sein.

Die Vorhänge neben den Fenstern hatten Feuer gefangen, flackerten lichterloh und ließen Rauch an der Decke hochsteigen. Der Rauch brannte in seinen Augen, und er rieb sie sich mit seiner freien Hand.

Eine Katze flitzte über den Boden, rannte auf die zerbrochenen Fenster und das Feuer zu.

Casimir sprintete ihr nach, versuchte, ihren Nacken zu packen, griff aber ins Leere. Die anderen zwei Katzen klammerten sich an seinem Arm fest, gruben ihre Klauen in sein Fleisch, aber sie machten keine Anstalten zu fliehen.

Pirate jedoch rannte in seiner Panik auf die in Flammen stehende Wand zu.

Casimir eilte dem Kater hinterher.

Die Hitze der in Flammen stehenden Wand

wusch über ihn hinweg, versengte seine Wimpern und Augenbrauen und brannte in seinem Gesicht.

Er jagte dem fliehenden Tier hinterher. Er ging in die Hocke, griff erneut ins Leere. Dann erwischte seine Hand endlich das Nackenfell der Katze, und er hielt Pirate trotz dessen wilden Verrenkungen fest.

Funken flogen von der Wand auf ihn zu und trafen sein Gesicht über der Narbe vom Autounfall. Auf dieser Seite hielt er die anderen zwei Katzen im Arm. Er konnte die Funken nicht wegstreichen.

Die kleinen, sengend heißen Teilchen verbrannten die Haut über seinem Wangenknochen, gruben sich in sein Fleisch, und er konnte nichts dagegen tun, ohne eines der Tiere fallen zu lassen und dem Feuer auszuliefern.

Er durfte sie nicht fallen lassen. Abgesehen davon, dass es fühlende Lebewesen waren, die er nicht einfach in einem brennenden Haus zurücklassen konnte, liebte Rox diese hässlichen Biester, auch wenn niemand so etwas Monströses lieben sollte.

Etwas Brennendes fiel ihm auf den Rücken.

Casimir umklammerte alle drei Katzen und rannte auf die Garagentür zu, während ihre flauschigen Schwänze und Hinterbeine beim Laufen gegen seinen Bauch schlugen.

IM AUTO

Rox hielt die Beifahrertür des Autos auf und betete so inständig wie nie zuvor in ihrem Leben. *Bitte, Gott. Lass ihn heil dort rauskommen. Was zur Hölle tut er da nur so lange?*

Die Hitze vom Feuer füllte die Garage aus, wusch über ihre nackten Beine und Füße hinweg. Selbst der Zementboden wurde heiß. Sie wusste nicht, wie viel länger sie noch warten konnte, bevor sie aus dem brennenden Haus in die Nachmittagssonne hinter dem offenen Garagentor rausrennen müsste.

Die Tür zum Wohnbereich schwang auf. Eine schwarze Rauchwolke strömte aus dem Durchgang heraus, so als hätte ein Drache sie ausgespuckt. Casimir kämpfte sich durch den Rauch hindurch, alle drei Katzen hingen in seinen Armen. Der Rauch wallte an der Decke entlang und durch das offene Garagentor hinaus.

„Ins Auto! Steig ins Auto!", schrie sie.

Casimir stolperte die Treppenstufen hinunter, stieß mit der Hüfte gegen das hölzerne Geländer an der Seite. Sein Körper verkrampfte und zuckte, als er den Rauch aus seiner Lunge hustete. Rauchschwaden hingen an seinem Körper, während er durch die Garage taumelte. Eine der Katzen röchelte auch.

„Cash!", rief Rox und winkte ihn zur offenen Autotür.

Er schaffte es zum Wagen, ohne eine der Katzen zu verlieren, und ließ sich hineinfallen. Rox schlug die Tür hinter ihm zu und rannte zur Fahrerseite herum. Sie sprang hinein, zog die Tür zu und trat das Gaspedal durch.

Der winzige Sportwagen schoss aus der Garage hinaus und die lange Auffahrt entlang, in Richtung der Hügel.

„*Was hast du gemacht?*", fragte sie zitternd und mit hysterischer Stimme. „Warum warst du nicht *direkt hinter mir?*"

„Die Katzen sind in die falsche Richtung gerannt", sagte er, während er sich in seinem Sitz zurücklehnte und sich übers Gesicht strich. „Ich musste Pirate finden."

„Du hättest ihnen nicht hinterherlaufen sollen", meinte sie. „Du hättest *fliehen* sollen."

Er schloss die Augen. „Aber dann wären sie höchstwahrscheinlich gestorben."

„Du hättest dich selbst retten sollen."

„Ich konnte diese schrecklichen Biester nicht einfach zurücklassen", sagte er.

Sie umklammerte das Lenkrad fester und fuhr den kurvigen Weg entlang. „Du hättest nicht zurückgehen sollen. Du hättest *fliehen* sollen."

„Fahr einfach", sagte Casimir und hob die Katzen vorsichtig auf die Rückbank. Die Katzen sprangen von der Bank runter und verkrochen sich gemeinsam in dem Fußbereich hinter seinem Sitz, ein miserables Häufchen aus durchnässtem Fell. „Hoffentlich hat niemand in der Nähe gewartet, um sicherzugehen, dass wir auch wirklich dort drinnen gestorben sind. Es war offensichtlich nicht geplant, dass wir das überleben."

„Aber das haben wir", sagte sie. „Wir haben überlebt."

Hinter ihnen keuchten und husteten die Katzen jämmerlich, als würde jemand ihre kleinen Lungen auswringen.

„Aber das sollten wir nicht", erwiderte Casimir. „Und damit haben diese Leute auch nicht gerechnet. Wahrscheinlich haben sie nicht an die Sprinkler gedacht."

„Woher willst du wissen, was sie gedacht haben? Weißt du, wer das war?"

Casimir drehte sich nach hinten und schaute aus dem Heckfenster, während Rox durch die Hügel düste. „Wenn sie geglaubt hätten, dass wir fliehen könnten, hätten sie auch einen Scharfschützen auf einem der Hügel positioniert."

„Wie schrecklich! Entsetzlich! Wie könnte jemand auch nur daran denken, so etwas zu tun?"

Sie schaute in den Rückspiegel. Eine schwarze Rauchsäule stieg in den Himmel auf.

Casimir kramte in seiner Aktentasche herum, die auf dem Rücksitz lag. „Wir müssen hier weg. Wir können nicht so lange warten, bis Anas Verstärkung morgen Nachmittag eintrifft. Ich rufe Arthur und Maxence an."

„Aber was können …" *Oh*. Arthur hatte ein Flugzeug. Maxence hatte Sicherheitspersonal.

„Ich bin mir nicht sicher, wie schnell sie mit dem Flugzeug umdrehen können, aber ich hoffe, dass sie früher als Anas Leute hier sein werden." Nachdem er sein Handy ans Ohr gehoben hatte, sagte er plötzlich mit heiterem Tonfall: „Arthur! Wir hatten hier etwas Ärger und bräuchten eine Mitfahrgelegenheit. Könntest du das Flugzeug wenden und uns aufsammeln?"

Auf der anderen Straßenspur raste ein Feuerwehrwagen mit dröhnenden Sirenen an ihnen vorbei.

„Klasse", sagte Casimir. „Und wann wärt ihr hier?"

Rox fuhr schweigend, manövrierte das Auto die Serpentinenwege entlang.

„Früher Morgen, *exzellent*", sagte Casimir. „Wir werden bis dahin einfach allein den Scharfschützen und Brandbomben ausweichen. Natürlich scherze ich nur! Ich werde dir morgen im Flugzeug alles erzählen." Er machte eine kurze Pause. „Leicht angesengt." Noch eine Pause. „Wenn Maxence sie für ein paar Stunden entbehren könnte, wäre ich sehr dankbar für seine Security." Er beendete das Telefonat. „Wir müssen nur die Nacht überleben."

„Wir suchen uns ein Hotelzimmer", meinte Rox. „Ein Hotel, das Haustiere akzeptiert. Oder wir schmuggeln das kunterbunte Trio einfach rein."

Eine der Katzen maunzte wie aufs Stichwort.

Vielleicht gab es im Hotel einen Föhn. Ihre klammen Klamotten klebten an ihr und rochen so, als wäre sie gerade aus einem Meth-Labor geflohen.

„Die Attentäter werden nach uns suchen", wandte Casimir ein. „In ein Hotel einzuchecken ist gerade nicht die sicherste Option. Indem ich Val ein Ultimatum gestellt habe, habe ich anscheinend unsere Gegenseite zum Handeln gezwungen. Sie wollen verhindern, dass wir Val und Josie vor die Ethikkommission bringen."

„Diese Bastarde", fluchte Rox. Zorn ballte sich in ihrer Brust zusammen. „Wie können sie es wagen, uns einfach so umlegen zu wollen. Erst ein Scharfschütze, dann eine Bombe. Diese *Arschlöcher.*"

„In der Tat", stimmte Casimir ihr zu und schaute aus dem Beifahrerfenster, wo die Nachmittagssonne zwischen den Hügeln schimmerte.

Unfassbare Wut brodelte in ihr hoch. Sie konnte ihren pochenden Puls in ihren Fäusten spüren, die das Lenkrad umklammerten. „Diese Mistkerle glauben, dass sie einfach so dein Haus niederbrennen können? Sie wollen Dinge abfackeln? Wir werden ihnen zeigen, wie man Dinge abfackelt!"

Casimir schaute zu ihr rüber.

„Sie werden es noch bereuen, sich jemals mit uns angelegt zu haben", sagte sie mit knirschenden Zähnen. „Wir werden ja sehen, wie toll diese Mistkerle es finden, wenn *wir* sie anzünden."

„Ich denke nicht, dass es eine gute Idee ist, jemanden mit Brandbomben zu bewerfen", sagte Casimir. „Wir sollten einfach zur Ethikkommission gehen und das Prozedere seinen natürlichen Lauf nehmen lassen. Valerie und Josie werden ihre Lizenzen verlieren. Die Klienten werden sie verklagen und gewinnen. Sie werden alles verlieren."

„Oh nein", sagte sie. „Diese Leute haben einen

Unfall inszeniert und dich beinahe umgebracht, dann haben sie auf uns geschossen, und dann haben sie uns mit einer verdammten Bombe beworfen, um dein *Haus* niederzubrennen. Sie wollen mit schmutzigen Tricks spielen?" Sie schaute ihn an, ihr Puls pochte zornig an ihren Schläfen und Handgelenken. „Sie hätten sich nicht mit einem Südstaatenmädel anlegen sollen. Ich werde Feuer mit noch heißerem Feuer bekämpfen. Ich werde den Zorn Gottes auf sie herabfahren lassen, sie vernichten, die Erde mit Salz vergiften und sie ins Meer treiben."

Casimir hatte sie bei ihrer Schimpftirade beobachtet, mit einem breiter werdenden Lächeln. An seiner linken Wange durchkreuzte eine dunkelviolette Brandwunde die Narbe vom Autounfall. „Gott, du bist wunderschön, wenn du dich aufregst."

„Du kannst mich ein anderes Mal schön nennen, Casimir. Im Moment bin ich der rachsüchtige Engel des Todes, und diese Schweine werden den Tag bitter bereuen, an dem sie sich mit mir und dem Mann, den ich liebe, angelegt haben."

„Ich liebe es, wenn du so wütend bist, dass du biblisch wirst."

Ihr Gehirn arbeitete auf Hochtouren. „Wir werden erst im Schutz der Nacht angreifen. Bis dahin brauchen wir ein gutes Versteck."

„Für ein paar Stunden", stimmte Casimir ihr zu.

„Telefontante", sagte Rox. Sie wusste einen Ort, an dem diese Bastarde es nicht wagen würden, nach ihr und Casimir zu suchen.

„Ja, Eure kaiserliche Majestät?", antwortete ihr Auto.

„*So* nennt dich dein Autotelefon?", fragte Casimir lachend.

„Mein Telefon kennt meine Persönlichkeit besser als jeder andere", erwiderte sie. „Ruf Brandy an."

Brandys Pitbull-Horde würde jedem Eindringling die Beine ausreißen und zum Frühstück verspeisen.

Das geschähe ihnen nur recht.

Kapitel Zwölf

GROSSE HUNDE UND BRANDIWINE

*R*ox und Cash standen vor dem Tor zu Brandys Haus.

Fünf sabbernde Pitbulls keiften und sprangen nur wenige Schritte von ihnen entfernt auf der anderen Seite des Maschendrahtzauns auf und ab. Die meisten Hunde der Pitbullgattung waren in der Regel mittelgroß, aber diese Kreaturen stammten offensichtlich von einem mutierten Zweig der Rasse ab, wo man Pitbulls mit Büffeln gekreuzt hatte.

Cash beobachtete die Hunde, die sich mit ihren massigen Körpern gegen den Zaun warfen. „Meinst du wirklich, dass es sicher ist, die Katzen ins Haus mit reinzunehmen?"

„Brandy wird die Hunde wegsperren. Das können sie für ein paar Stunden tolerieren. Wahrscheinlich." Vorausgesetzt, sie kauten sich nicht durch die Stahlgitter des Käfigs, in den Brandy sie reintun würde.

Die Haustür ging auf. Brandy kam auf Zehenspitzen herausgetanzt. Die Hunde machten für sie Platz, drängten sich um sie herum und wedelten respektvoll mit ihren Schwänzen. Keiner von ihnen sprang an ihr hoch.

„Rox! Geht es dir gut?" Brandy hielt ihre dürren Arme nach vorne ausgestreckt, während sie auf das Tor zulief.

„Bist du sicher, dass es dir nichts ausmacht, wenn wir und die Katzen ein paar Stunden bei dir bleiben?", fragte Rox.

„Natürlich geht das klar! Ich muss nur die Höllenhunde wegsperren." Sie führte die Hunde zur Rückseite des Hauses und kehrte eine Minute später allein zurück. „Sie sind nur übergroße Welpen", meinte sie zu Cash.

Dieser lächelte und nickte, stets der Diplomat.

Brandy umarmte Rox, nachdem diese durch das Tor in den Hof reingekommen war. „Ihr hattet also einen harten Tag, hm?"

„Ich könnte wirklich eine Tasse süßen Tee gebrauchen."

Brandy strich ihr mitfühlend übers Haar und schaute dann zu Cash. „Wir werden etwas zum Anziehen für euch finden müssen. Ihr seid klatschnass."

„Es würde schon reichen, wenn ich mir nur ein Handtuch oder so was ausleihen könnte."

„Oh, ich kann wahrscheinlich auch etwas finden, das dir passt", meinte sie zu Cash.

Dieser schaute an Brandys zierlichem Körper runter und hob eine Augenbraue. „Okay."

Rox wusste, was sie beide hier erwarten würde, sagte aber nichts. Sie legte einen Arm um Brandys

Taille, während sie ins Haus hineingingen, um sich ein paar Stunden lang bis zum Einbruch der Nacht zu verstecken.

Als sie das Wohnzimmer betraten, zögerte Rox einen Moment und hätte sich beinahe umgedreht, um Casimir zu warnen, gab den Gedanken dann aber auf. Immerhin war er ein europäischer Sexenthusiast mit einer Vorliebe für Dominanzspielchen, der BDSM-Clubs besuchte. Ihn sollte nichts mehr schockieren, richtig?

Ein gigantisches, viereinhalb Meter breites Himmelbett nahm den meisten Platz des Wohnzimmers ein.

Ein wahrscheinlich völlig nackter, weißer Mann war an eine Ecke des Bettes gekettet. Ein Bettlaken bedeckte seine Körpermitte. Er grinste Rox und Casimir an, eine seiner Hände zuckte zu einer Art Winken hoch, obwohl eiserne Handschellen seine Handgelenke an den kunstvoll geschnitzten Bettpfosten fesselten.

Brandys andere zwei Ehemänner mussten auch irgendwo sein, waren vielleicht ebenfalls gefesselt, oder wuschen das Geschirr ab, aller Wahrscheinlichkeit nach ebenfalls nackt.

Casimir blieb im Türrahmen stehen, nahm den Anblick in sich auf.

Seine Miene war typisch professionell, verriet nichts von seinen Emotionen.

Rox würde nur zu gern wissen, was er gerade dachte. Aber das würde sie ihn später fragen.

Stattdessen wandte sie sich Brandy zu. „Süße? Nachdem wir die Katzen reingebracht haben, müssen wir ein paar Dinge erledigen, bevor wir

heute Abend zu unserem kleinen Ausflug aufbrechen. Könnten wir vielleicht dein WLAN
anzapfen?"

Kapitel Dreizehn

UNERLAUBTES EINDRINGEN

„Also, wir begehen gerade Einbruch", sagte Rox.

Sie und Casimir gingen durch die dunkle Anwaltskanzlei, während sie ihre Handytaschenlampen vor sich hielten. Die Lichtstrahlen schwangen durch die schwarze Luft, warfen Kreise an die blauen Arbeitskabinen, wo sonst Verwaltungsangestellte und Rechtsassistenten arbeiteten, und huschten über Wände und Zimmerpflanzen. Computerbildschirme schimmerten, wenn das Licht sie erfasste.

Casimir schüttelte den Kopf. Er sah aus wie ein klassischer Einbrecher, da er eine schwarze Jogginghose und ein ebenfalls schwarzes Sweatshirt trug, das ihm mit seiner schlanken Gestalt besser stand als Brandys molligerem, aber sehr großem Ehemann. „Einbruch ist das unerlaubte Betreten einer Räumlichkeit mit der Absicht, dort eine Straftat zu begehen. Wir sind zwar unerlaubt eingedrungen, haben aber nicht vor, eine Straftat zu begehen. Wir wollen nur ein paar E-Mails verschicken."

Eher ein paar tausend.

Rox lächelte und rückte den Träger ihrer schweren Handtasche auf ihrer Schulter zurecht. „Ja. Ja, das werden wir. Und das ist auch schon alles."

Sie schritten zwischen den Arbeitskabinen entlang, beobachteten die Schatten, die von ihren Lichtstrahlen erschaffen wurden, bis sie Rox' Büro erreichten. Ein schimmernder Messingknauf war an der Tür angebracht worden. „Der ist neu."

„Ich habe damit gerechnet, dass sie die Schlösser von unseren Büros austauschen würden. Es hat mich sehr gewundert, dass meine Schlüsselkarte am Haupteingang noch funktioniert hat."

Rox schaute sich im Büro um, hielt Ausschau nach verdächtigen Bewegungen oder roten Punkten von dem Laservisier eines Scharfschützen. „Du denkst nicht, dass es eine Falle ist, oder?"

„Ich denke, dass sie uns für tot halten." Cash schaute sich in dem dunklen Raum um, ließ seinen Blick über die Trennwände zwischen den Arbeitskabinen schweifen. „Zumindest hoffe ich, dass sie uns für tot halten."

Rox biss sich auf die Unterlippe und starrte den Türknauf an. „Wahrscheinlich haben sie unsere Bürotürschlösser gleich nach unserem Rauswurf ausgewechselt, sich aber nach dem Brandbombenangriff die Mühe gespart, auch den Code für die Vordertür zu ändern."

Casimir nickte. „Also müssen Val und Josie davon gewusst haben."

„Verdammt, ich hasse sie alle." Rox rüttelte an

dem Türknauf ihres Büros, aber er ließ sich nicht drehen. „Mist."

„Tritt zurück", sagte Casimir.

Rox wich zurück und Casimir beugte den Oberkörper zur Seite, bevor er heftig gegen die Tür trat. Sie sprang auf und schlug innen gegen die Wand. Holzsplitter vom Türrahmen rieselten auf den Boden.

„Hast du irgendwann mal Karate gemacht?", fragte Rox.

„Taekwondo."

Sie gingen ins Büro rein, und Rox schloss die Tür hinter ihnen. Sie ging wieder einen Spalt auf, weil der Riegel vom Schloss abgebrochen war. „Was weiß ich sonst noch nicht über dich?"

Selbst in dem schwachen Licht sah sie, wie er bei der Frage leicht zusammenzuckte. „Lass uns im Flugzeug darüber reden."

Sie eilten hinter den Schreibtisch, wo Rox ihren großen Bürostuhl zurückzog und dann ihren Laptop aus ihrer Handtasche hervorholte. Ihr großer Gummibaum stand immer noch in der Ecke neben der Tür, und sie hatte ein schlechtes Gewissen, ihn zurückgelassen zu haben.

Sie stellte den Laptop auf den Tisch und klappte ihn auf. Der Token war in ihrer Tasche ganz nach unten gerutscht, und es dauerte eine Minute, bis sie ihn herausgefischt hatte. Das blaue Glühen des Bildschirms strich über den Token, und Rox hielt ihn in beiden Händen, neigte den kleinen Stick so, dass sie die Nummern darauf sehen konnte.

Casimir schaltete wieder das Licht an seinem Handy ein und leuchtete damit auf ihre Hände und das kleine Gerät.

Sie betrachteten den Token, warteten, bis er flackernd eine neue neunstellige Ziffer generierte.

Rox gab rasch ihre Identifikationsnummer in den Computer ein und tippte dann den vom Token angezeigten Sicherheitscode in das nächste Eingabefeld.

Danach drückte sie auf Enter, und der Startbildschirm der Anwaltskanzlei erschien.

„Ich fass es nicht", sagte sie. „Meine Sicherheits-ID haben sie auch nicht deaktiviert. Diese Bastarde müssen wirklich geglaubt haben, dass wir tot wären. Ich habe damit gerechnet, Wrens ID benutzen zu müssen, auch wenn ich sie nicht in Schwierigkeiten bringen will."

Rox klickte sich zu dem Ordner mit der Haupt-klientenliste durch.

Casimir ging zum Fenster neben der Bürotür und spähte in den dunklen Arbeitsraum hinaus.

„Siehst du irgendetwas?", fragte sie.

„Nein." Trotzdem schaute er weiter durchs Fenster.

Rox lud die gesamte Liste, hunderte Namen und E-Mail-Adressen, auf ihren Laptop runter. „Ich habe die Daten. Sie haben keine zusätzlichen Sicherheits-vorkehrungen getroffen, nachdem sie uns gefeuert haben."

„Gut. Mach weiter."

„Bist du sicher? Ich war ziemlich wütend, als wir das geschrieben haben."

„Wir haben den Text mehrmals überarbeitet, und die Klienten müssen wissen, was los ist. Es klingt professionell. Ich würde nichts Unprofessionelles in die Welt hinausschicken, und ich glaube, du auch nicht. Falls wir es aus irgendeinem Grund nicht zum

Flugzeug schaffen sollten, oder die Akte die Ethik-kommission nicht erreichen sollte, müssen die Klienten davon erfahren."

Dieser Gedanke ließ sie erschauern. Diese Leute – wer immer sie auch waren – hatten Casimir beinahe durch diesen Autounfall getötet und inner-halb eines Tages zwei weitere Versuche gestartet, sie beide umzubringen.

Ja, sie mussten diese E-Mails verschicken.

Rox startete das E-Mail-Verwaltungssystem und kopierte den Brieftext hinein, den sie und Casimir verfasst hatten. Die vorsichtig formulierten, höflichen Worte waren im Sinne ihrer Klienten mit gerechtem Zorn getränkt. Die Klienten – all diese Schauspieler, Sänger, Musiker und Autoren – waren um Millionen von Dollar gebracht worden und verdienten es, davon zu erfahren.

Sie fügte die E-Mail-Adressen in die Empfänger-zeile ein, kopierte alle manuell, anstatt die Liste vom E-Mail-Server zu benutzen, um sicherzugehen, dass sie auch wirklich jeden Klienten kontaktierte, den Arbeitman, Silverman und Amsberg jemals vertreten hatten. Sie fügte als Letztes noch ihre eigene E-Mail-Adresse hinzu, um sich zu vergewissern, dass die E-Mail tatsächlich verschickt worden war.

Das E-Mail-Programm arbeitete, verschickte die E-Mails.

Rox' Handy piepte, zeigte an, dass sie eine E-Mail bekommen hatte. Sie schaute nach, und es war in der Tat die Nachricht, die sie eben versendet hatte.

Was bedeutete, dass diese E-Mail gerade tausendfach rausgegangen war und tausende Klienten Val, Josie und die anderen Anwälte anrufen würden, sobald sie die Nachricht gesehen hatten. Einige von ihnen lebten an der Ostküste, was bedeutete, dass sie wahrscheinlich schon aufgestanden waren.

„Okay. Ich bin fertig." Sie klappte ihren Laptop zu.

„Das war's also. Wir haben alles niedergebrannt. Val und Josie werden mit leeren Händen dastehen, sobald ihre Klienten sie verlassen haben." Casimir schüttelte bedauernd den Kopf. „Val hat Jahrzehnte investiert, um diese Anwaltskanzlei aufzubauen, und jetzt fällt sie von heute auf morgen in sich zusammen."

„Es ist so, als würde man einen Baum fällen, der bereits von innen verfault ist. Sie hat unsere Klienten hintergangen, die ihre Ehrlichkeit verdient hatten. Sie hatten es verdient, dass sie ihre Interessen vertritt."

Casimir seufzte. „Ja, sie hatten ihre Ehrlichkeit verdient, und die anderen Angestellten in der Kanzlei verdienen unsere."

„Komm schon. Lass uns gehen. Arthurs Flugzeug wartet auf uns."

„Ich kann nicht gehen", sagte Casimir.

Rox' Kopf wirbelte herum. „Was?!"

„Die anderen Verwaltungsangestellten und Rechtsassistenten hier – Wren, Melanie und alle anderen – verdienen unsere Ehrlichkeit. Sie verdienen es zu wissen, was wir getan haben."

„Val und Josie haben versucht, uns umzubringen! Mehrmals!"

„Die beiden werden es den anderen nicht erzählen. Aber die Leute verdienen es, die Wahrheit zu erfahren." Er seufzte wieder. „Ich muss bleiben und ihnen erzählen, was wir getan haben und was auf sie zukommen wird."

„Du kannst dich nicht einfach vor sie stellen und ihnen erzählen, dass du gerade die Anwaltskanzlei niedergebrannt und sie alle um ihre Jobs gebracht hast."

„Ich kann ihnen erzählen, dass Val und Josie unsere Klienten hintergangen haben und dass sie sich nach anderen Arbeitsplätzen umsehen sollten. Vollständige Offenlegung ist in dieser Situation der einzige ethisch vertretbare Weg. Und ich werde ihnen auch meine Handynummer geben, für den Fall, dass sie bei der Jobsuche eine Empfehlung brauchen."

Rox rollte mit den Augen. „Das alles wird ihnen nicht gefallen. Sie könnten durchaus versuchen, dich in Stücke zu reißen."

Er zuckte mit den Schultern. „Ich bezweifle, dass es so weit kommen wird, aber du solltest das Flugzeug nehmen."

Rox rollte noch stärker mit den Augen. „Ich lasse dich doch nicht mit diesen wilden Tieren allein."

Er schob seine Ärmel hoch, entblößte die dunklen, feurigen Tattoos an seinem linken Arm und das Tattoo mit den drei Schilden an seinem rechten Unterarm. „Sie sollten in ein paar Stunden hier sein."

Kapitel Vierzehn

STOSSGEBET

Rox und Casimir dösten ein paar Stunden auf Rox' breitem Bürostuhl. Sie hatten nur kurz geschlafen, bevor sie in den frühen Morgenstunden in die Kanzlei eingebrochen waren, da sie bis spät abends die E-Mail verfasst und Pläne geschmiedet hatten.

Davor hatte einer von Brandys Ehemännern ein italienisches Abendessen mit fünf Gängen gekocht, an dem sie vier Stunden lang gegessen hatten. Rox hatte ihr Bestes versucht, um der hausgemachten Pasta und den zarten Hühnchen-Piccata gerecht zu werden.

Brandy hatte sich zu ihr rübergelehnt und mit einem Glas Rotwein zu dem solide gebauten Mann gedeutet, der Jeans und ein rotes T-Shirt trug, auf dem der Name eines italienischen Fußballteams stand. Er und Casimir hatten sofort begonnen, sich über internationalen Fußball zu unterhalten. „Jetzt weißt du, warum ich Antonio bei mir behalte", raunte sie Rox zu.

Rox nickte und schlürfte eine Nudel in ihren Mund. Die subtilen Gewürze und die pikante Fleischsoße darauf verweilten auf ihrer Zunge, und sie summte glücklich.

Gott, sie würde einen Mann, der so gut kochen konnte, auch an den Herd festketten.

Wenn auch nicht im buchstäblichen Sinne, wie Brandy es tat.

Sie träumte immer noch von der Zitronensoße auf der Hühnchen-Piccata.

Rox saß dösend auf Casimirs Schoß und kuschelte sich in seine Arme. Er umarmte sie etwas fester und strich mit der Nase über ihr Haar, bevor er den Kopf zurücklehnte und einschlief.

Es fühlte sich immer noch nicht real an, so von ihm gehalten zu werden. Hin und wieder überkam sie ein Anflug von Eifersucht, wenn sie daran dachte, dass andere Frauen in der Kanzlei, *viele von ihnen*, auch so in seinen Armen gelegen hatten, aber sie bremste sich.

Erstens hatte sie so getan, als wäre sie bereits verheiratet, weil sie sich vor dem notorischen Casanova von Los Angeles schützen wollte.

Zweitens war es in seinen bisherigen Beziehungen nur um Sex und Abenteuer gegangen. Sie klammerte sich an der Tatsache fest, dass sie seit Jahren befreundet waren.

Drittens hatten sowohl Wren als auch Melanie gesagt, dass Casimir mit ihnen nie rumgeturtelt hatte. Sie hatten eine spaßige Zeit mit ihm gehabt, aber er war nie sonderlich anhänglich gewesen, oder hatte von der Zukunft gesprochen, oder so getan, als hätten sie eine echte Beziehung.

Casimir seufzte im Schlaf, seine muskulöse Brust hob und senkte sich unter ihrer Hand.

Vielleicht würde es *dieses* Mal, mit *ihr*, anders sein.

Vielleicht würde er sie nicht ghosten.

Bevor die Bombe explodiert war, hatte Casimir sich vor ihr hingekniet und ihr einen Antrag gemacht.

Vielleicht meinte er es tatsächlich ernst.

Seine strahlend grünen Augen hatten sie ernst angesehen und in seiner atemlosen Stimme hatte ein Hauch von Sehnsucht mitgeschwungen.

Sie hatte ihm noch keine Antwort gegeben und beabsichtigte, ihn so lange wie möglich zappeln zu lassen. Dieser Herzensbrecher würde *leiden*.

Sie zitterte am ganzen Leib, hoffte und flehte die Mächte an, dass er sie nicht nur auf den Arm nahm.

Sie lehnte den Kopf an seine Schulter, spürte, wie sein ganzer Körper sie umschlang, und schloss die Augen.

Kapitel Fünfzehn

ANSPRACHE

R ox und Casimir standen gegen die Wand gelehnt im dunklen Büro.

Sie hatten hier mit ineinander verschränkten Fingern gewartet, außerhalb des Sichtfeldes der anderen Leute, die sich langsam im Hauptraum einfanden. Seine Hand quetschte ihre nicht, umklammerte sie aber fest.

„Was wirst du ihnen sagen?", fragte sie.

„Ich bin mir nicht sicher", gab er zu.

„Lässt du dich vom Geist der Gerechtigkeit leiten?"

„Vielleicht. Und ich hoffe, dass ein paar meiner Vorfahren Demagogen waren und mir ihre Redefähigkeit vererbt haben."

„Na dann."

„Wie spät ist es?", fragte er, obwohl er sein Handy in der anderen Hand hielt.

Rox schaute auf ihrem eigenen Handy nach. „Sieben nach neun."

„Ist Wren da draußen?"

„Lass mich ihr schreiben." Sie wartete kurz und sagte dann mit gehobenen Augenbrauen: „Ja, sie ist heute früh dran."

Casimir schaute auf sein Handy. „In Ordnung, wir haben fünf Minuten. Los geht's."

„Fünf Minuten, bis was passiert?" Aber Casimir hatte bereits die Bürotür geöffnet und trat in den Hauptraum hinaus.

Rox trabte ihm hinterher. „Hey! Fünf Minuten bis was?"

Beim Klang ihrer lauten Stimme drehten sich einige Leute zu ihnen um. Stille breitete sich im Hauptbereich der Anwaltskanzlei aus. Köpfe hoben sich über die gepolsterten Trennwände, wie Präriehunde, die ihre Köpfe aus Erdlöchern herausreckten, um Ausschau nach Raubtieren zu halten.

Casimirs Schritte holten weiter aus. Mit seiner ein Meter neunzig großen Gestalt war er groß genug, um im Stehen über die Kabinen hinwegzusehen. Dennoch sprang er auf einen Tisch, der in der Ecke des Zimmers stand. Der Tisch schwankte kurz unter seinen Füßen, und Casimir schaute runter, konnte aber sein Gleichgewicht halten.

„Kann ich bitte eure Aufmerksamkeit haben?", bat Casimir mit erhobener Stimme.

Rox hätte beinahe kichern müssen, da sein britischer Akzent bei dieser höflichen Frage stark mitschwang.

Er schnippte mit den Fingern in der Luft. „Leute? Nur für einen Moment?"

Wer schnippte mit den Fingern, um andere auf sich aufmerksam zu machen? Nur ein Engländer. Oder jemand, der zwar Niederländer war, den aber alle für einen Engländer hielten, weil er allen nur das Notwendigste über sich selbst erzählte.

Rox umklammerte ihre Handtasche vor ihrem Bauch, hatte plötzlich Angst um ihn.

„Ich muss mit euch allen reden", sagte Casimir. „Der Autounfall, den ich vor ein paar Monaten hatte, war ein Mordversuch. Nachdem ich gestern gefeuert wurde, hat es zwei weitere Anschläge auf mich und Rox gegeben: Auf der Heimfahrt hat auf dem Freeway ein Scharfschütze auf uns geschossen …"

Ein kollektives Aufkeuchen war zu hören und Gemurmel erhob sich, als die Verwaltungsange-stellten und Rechtsassistenten sich an die gestrigen Nachrichten über die Schießerei erinnerten und anfingen, untereinander zu diskutieren.

„Sie haben auf euch geschossen?", fragte eine Frau.

„Wir waren in dem SUV, der als Erstes ange-griffen wurde", antwortete Casimir. „Rox ist gefahren."

Das Meer aus Gesichtern, hunderte von ihnen, wandte sich Rox zu und musterte sie, ihr unge-schminktes Gesicht sowie ihre zu engen Sportkla-motten, die sie sich von Brandy ausgeliehen hatte.

Sie winkte, drehte dabei ihr Handgelenk wie die Queen. Sie konnte spüren, wie sich ihr Gesicht zu einem erzwungenen Grinsen verzog, das wahrschein-lich eher so aussah, als würde sie die Zähne fletschen. Verdammt, gerade jetzt mussten ihre professionelle Maske und ihr Zahnpastalächeln versagen.

„Rox wäre auch beinahe umgebracht worden?", fragte Wren erschrocken.

„Sowohl vom Scharfschützen als auch durch den Brandbombenanschlag gestern", erwiderte Casimir.

Diesmal stieg das Gemurmel zu lauterem Gerede und Unterhaltungen an.

Jemand schrie: „Eine *Bombe?*"

„Ja. Bomben wurden gestern Nacht auf mein Haus geworfen. Es hat gebrannt. Das Haus ist vollkommen zerstört."

Aufkeuchen.

Mehr Gerede.

Wütendes Gemurmel.

„Deshalb war *dein* Haus gestern Abend in den Nachrichten?"

„Unglücklicherweise ja", antwortete Casimir.

„Du solltest die Verantwortlichen um Haus und Hof verklagen!"

Rox musste beinahe lachen und senkte den Kopf, um ihr Gesicht hinter ihrem Haar zu verbergen.

„Rox, bist du in Ordnung?", rief Wren ihr zu.

Rox nickte. „Ja, es geht mir gut."

Casimir schaute auf sein Handy. „Wir glauben, dass die wiederholten Angriffe auf uns mit den groben Unregelmäßigkeiten in den Verträgen unserer Klienten zu tun haben. Ich habe einige Klauseln in den Verträgen entdeckt, an denen Valerie Arbeitman und Josie Silverman gearbeitet haben, die äußerst unethisch sind. Diese Verträge wurden nachweislich von allen involvierten Parteien unterzeichnet. Ich glaube, dass Val und Josie diese Verträge bewusst genehmigt und Agenten sowie Studios erlaubt haben, unsere Klienten auszunutzen."

Murmeln ging durch die Reihen. Leute schauten

einander mit verengten Augen und gerunzelter Stirn an.

„Aber das ist illegal", sagte eine Frauenstimme.

Jemand anderes rief: „Ebenso wie auf andere zu schießen und Häuser niederzubrennen."

Nervöses Gelächter erhob sich.

Casimir schaute wieder auf sein Handy. Dann hob er den Blick zu all ihren Freunden und Kollegen. „Mord und Klientenbetrug sind beides illegal. Deshalb habe ich all unsere gegenwärtigen und ehemaligen Klienten darüber informiert, dass es problematische Klauseln in ihren Verträgen gibt und sie möglicherweise vors Zivil- und Strafgericht treten sollten. *Alle* Klienten."

Diesmal sagte niemand etwas.

Stille legte sich über den Raum, als allen klarwurde, dass heute Vormittag die Klienten der Anwaltskanzlei anrufen würden.

Jeder einzelne Klient.

Abgesehen von ein paar, die sich direkt an ihre eigenen Anwälte wenden würden.

„Es tut mir leid, euch das sagen zu müssen", fuhr Casimir fort, „aber ihr solltet euch nach einer neuen Arbeitsstelle umsehen. Wenn ihr eine Empfehlung brauchen solltet, könnt ihr gerne auf mich zurückkommen. Ich glaube, dass Val und Josie zu beschäftigt mit ihrer eigenen Rechts- und Zivilverteidigung sein werden, um Empfehlungen zu schreiben." Casimir schaute ein weiteres Mal auf sein Handy und tippte mit dem Daumen aufs Display. Dann streckte er eine Hand nach Rox aus, und sie ging näher auf den Tisch zu, auf dem er stand. Er hielt das Handy vor seinen Mund und sagte, während er ihr in die Augen schaute: „Los."

„Was hast du getan?", fragte Rox ihn.

„Eine Minute." Er ließ seinen Blick über den Raum schweifen, erfasste alle, die sich hier versammelt hatten. Mit lauter Stimme sagte er dann: „Ich bereue es sehr, dass unsere Anwaltskanzlei auf diese Weise endet. Klienten zu betrügen ist ein kriminelles, unethisches Vergehen. Ich habe versucht, das Problem intern zu regeln. Ich hatte gehofft, die Firma schrittweise schließen und für euch alle Stellen in anderen Firmen finden zu können, aber ich wurde gestern gefeuert und die Probleme sind zu weitreichend."

„Wird man uns verhaften?", rief eine Frau.

„Das kann ich mir nicht vorstellen. Val und Josie scheinen die Klauseln eingefügt zu haben, nachdem die Rechtsassistenten sie abgesegnet hatten. Allem Anschein nach war es ihr alleiniges Werk."

Ein erleichtertes Seufzen ging durch die Reihen der Verwaltungsangestellten und Rechtsassistenten.

„Wo wirst du sein, Cash?", kam eine Frage aus der Menge.

Cash? Oh, ja. *Cash.* Rox schüttelte den Kopf.

„Ich gehe für ein paar Tage ins Ausland", antwortete er. „Ich werde Wren und Melanie meine Telefonnummer mailen, damit sie sie dann an euch weitergeben können."

Die gläserne Doppeltür am Eingang des Büros flog auf.

Rox wirbelte herum, mit erhobenen Fäusten und bereit, jedem der reingekommen war, um sie und Casimir anzugreifen, ein blaues Auge zu verpassen. Es war an der Zeit, Feuer mit Feuer zu bekämpfen.

Eine Gruppe Männer in schwarzen Arbeitsuniformen marschierte in Zweierreihen herein und bahnte sich einen Weg durch die Menge in Richtung von Casimir und Rox. An den breiten Waffengürteln, die sie trugen, hing unglaublich viel gefährliche Ausrüstung. Sie hatten ihre Pistolen nicht gezogen, aber sie hingen in Holstern an ihren Hüften.

Es waren so viele. Planänderung: Zeit zu fliehen.

Sie rückte näher an Casimirs Beine heran, bereit, ihn in Richtung des Notausgangs zu schieben.

Casimir sprang vom Tisch runter und stellte sich neben sie. Dann legte er einen Arm um ihre Schultern. „Die Kavallerie ist eingetroffen."

Rox erkannte den dunkel gekleideten Kerl, der die ungefähr zwanzig Männer große Truppe anführte. Es war Hugo Faure, Maxence' Sicherheitschef, den sie kennengelernt hatte, als sie alle zum Devilhouse geflogen waren. Erleichtert stieß sie ihren angehaltenen Atem aus.

Eine Sekunde lang hatte das Bataillon an Männern ausgesehen wie Regierungsagenten, die gekommen waren, um sie zu entführen, weil sie zu viel über ein gewisses unidentifiziertes Flugzeug wussten.

Hugo Faure stellte sich neben Casimir, wandte diesem den Rücken zu und beobachtete die Menschenmenge. „Wie schlimm ist die Situation?"

„Das hier ist nur eine Gruppe Freunde." Casimir schob sein Handy in seine Hosentasche zurück.

„Ich habe schon freundlichere Leute mit einer Waffe in der Hand gesehen", meinte Hugo weiterhin wachsam.

„Sie haben gerade ein paar schlechte Neuigkeiten gehört", erzählte Casimir ihm mit leiser Stimme. „Und ihnen steht ein sehr schlechter Tag bevor."

Rox stand nah bei ihm, einer der Männer in Schwarz warf ihr einen kurzen Seitenblick hinter seiner dunklen Sonnenbrille zu, bevor er wieder dazu überging, die Angestellten der Anwaltskanzlei um sich herum zu mustern.

Hugo hob eine Hand ans Ohr. „Gehen wir."

Die Securitymänner verdichteten ihre Formation um Rox und Casimir herum, und die Phalanx bewegte sich als geschlossene Gruppe zur Tür. Die Menge aus Verwaltungsangestellten und Rechtsassistenten teilte sich, da die Sicherheitsmänner sie mit einem Arm zur Seite schoben, und Rox beeilte sich, um mit den langbeinigen Männern mitzuhalten.

Sie gingen gerade durch die gläserne Doppeltür der Anwaltskanzlei, als Hugo Casimir zumurmelte: „Mr. Grimaldi hat gemeint, dass Ihr Haus mit ausreichender Security ausgestattet wäre."

Casimir grinste. „Damit könnte Maxence sich geirrt haben."

„Verdammt. Das tut er ständig. Es treibt seinen Onkel und mich in den Wahnsinn."

Casimir lachte laut.

„Also hatte seine Hoheit die ganze Zeit während seines Aufenthalts in Kalifornien keine richtige Security", grummelte Hugo.

Rox blieb im Flur stehen, der zum Aufzug führte, und wirbelte herum. „Wie haben Sie Maxence gerade genannt?"

Sicherlich war Hugo nur sarkastisch gewesen.

Sicherlich nannte er Maxence einen eingebildeten kleinen Möchtegernprinzen, weil er ein verzogenes, reiches Kind war.

Ja, das machte Sinn.

Natürlich würde der Sicherheitschef den Mann

verunglimpfen, der mit seinen eigenen Händen eine Schule in einem durch Krieg verwüsteten Dorf gebaut hatte und bei seiner Rückkehr viel zu dünn gewesen war, weil er sein Essen kleinen Mädchen überlassen hatte. Maxence war wirklich ein Paradebeispiel für einen schnöseligen, privilegierten Bengel, über den man sich lustig machen konnte.

Ja, das machte ganz und gar keinen Sinn.

„Mr. Faure!", rief Rox, weil sie ein gut erzogenes Südstaatenmädchen war. „Wie haben Sie Maxence gerade genannt?"

Aber Hugo war zurückgetreten, hatte einen seiner Arme weit ausgebreitet und die andere Hand ruhte an dem Kolben seiner Waffe, während die Securitymänner sie und Casimir in den Aufzug hinein und dann aus dem Gebäude heraus drängten, wo schwarze SUVs mit laufendem Motor am Straßenrand warteten.

Casimir führte sie am Ellenbogen auf die Autos zu.

Einer der anderen Sicherheitsmänner sagte zu Casimir: „Hier entlang, Eure Hoheit."

Rox blieb abrupt stehen.

Einer der Securitymänner tanzte mit erhobenen Armen um sie herum, um sie nicht umzurennen.

Casimir blieb ebenfalls stehen und starrte sie an, seine grünen Augen musterten sie aufmerksam, um sich zu vergewissern, ob sie es gehört hatte.

Oh, sie *hatte* es gehört.

Sie stemmte ihre Hände in die Hüften. „Und wie hat er *dich* gerade genannt?"

Kapitel Sechzehn

CODENAME: HOLZFÄLLER PRIME

*R*ox und Casimir saßen auf der Rückbank des SUVs, so weit voneinander entfernt wie möglich. Rox rollte den Saum von Brandys verblasstem Sportshirt zwischen ihren Fingern.

Casimir schaute aus dem Fenster. Die Morgensonne schien auf die harten Kanten seines Gesichtes, glitzerte in den kastanienbraunen Stoppeln seines wachsenden Bartes. Er wollte sie nicht einmal anschauen, und er trug seine ausdruckslose Miene, unterdrückte jegliche Emotionen, als würde er sich in der Kanzlei eines gegnerischen Anwaltes befinden.

„Das hat dieser Kerl nicht ernst gemeint, oder?", fragte sie. „Er hat nur gescherzt, weil du plötzlich all diese Security gebraucht hast, richtig? Deshalb hat er dich Hoheit genannt."

„Rox, wir sollten das besprechen, wenn wir allein sind." Sein kühler, kultivierter englischer Akzent klang für sie sehr fremd.

Sie knackte mit den Fingerknöcheln, und ihre

Schultern entspannten sich. Nur weil er stinkreich war, bedeutete das nicht, dass er adelig sein musste. „Du machst dich nur über mich lustig, richtig? Natürlich tust du das. Dann bin ich die Königin von Saba."

Casimir erwiderte nichts. Obwohl es auf dem Rücksitz des SUVs eine Menge Beinfreiheit gab, hatte er seine langen Beine immer noch wie ein Grashüpfer gefaltet.

Rox schaute ihn an, schaute ihn *wirklich* an. Mit seiner schlanken, eleganten Statur, seiner selbstbewussten Art und dem süßen, subtilen Hauch von Reichtum machte es irgendwie Sinn, dass ihn jemand Hoheit genannt hatte.

Sie wusste nicht, wo ihr der Kopf stand.

In dem Moment surrte ihr Handy in ihrer Handtasche, informierte sie über eine empfangene Textnachricht.

Wahrscheinlich jemand vom Büro.

Wahrscheinlich *alle* vom Büro.

Da fiel ihr etwas ein.

Sie sprach ihr Handy mit „Telefontante" an.

Und ihr Handy antwortete immer mit: „Eure kaiserliche Majestät."

Wie ein Codename.

Diese Männer waren Security, wie der Secret Service.

Einer davon hatte Casimir „Eure Hoheit" genannt. Ein weiterer hatte Maxence „Seine Hoheit" genannt, *exakt dasselbe.*

Oder zumindest *etwas ganz Ähnliches.*

Gab der Secret Service nicht auch dem Präsidenten der Vereinigten Staaten Spitznamen wie

Weißkopfseeadler eins, Holzfäller Prime oder so etwas?

Natürlich. Das musste es sein.

Es war ein Codenamen-Ding der Securitymänner.

Na also. Einfache Erklärung.

„Also, ‚Eure Hoheit' ist der Ausdruck, den Securitymänner für die Person nutzen, die sie beschützen, oder? Wie ein Codewort. Damit die bösen Leute nicht wissen, über wen sie reden. Wer auch immer die bösen Leute sind. Denn es gibt immer böse Leute."

Casimir starrte weiter aus dem Fenster des SUVs, das morgendliche Sonnenlicht schien auf sein Gesicht, und widersprach dieser offensichtlichen Erklärung nicht.

Rox überkreuzte die Beine von ihm weg und schaute ebenfalls durchs Fenster nach draußen auf die an ihnen vorbeiziehende Stadt.

Die Karawane hielt vor Brandys Haus. Rox entriegelte ihre Tür und wollte sie öffnen.

Casimir berührte ihren Arm. „Nicht."

Sie schaute sich in der vollkommen normal wirkenden Nachbarschaft um. Niedrige Maschendrahtzäune grenzten die Kiesvorgärten voneinander ab, und einige Häuser könnten einen frischen Anstrich gebrauchen, aber alles war in Ordnung. „Was?"

„Jemand von der Security wird die Katzen holen", sagte er.

Die Nachbarschaft, in der sich Brandys Haus befand, war eine vollkommen normale Vorortsnachbarschaft. Verglichen mit den netteren Teilen von Los Angeles wirkte die Gegend etwas alt und billig, und einige der Anwohner saßen draußen auf ihren

Verandas – wahrscheinlich weil ihre Klimaanlagen wieder einmal kaputt waren – und spähten zu der Karawane aus SUVs mit getönten Fensterscheiben. Es war keine Gang-Nachbarschaft. Rox hatte nie Angst gehabt, hierher zu kommen, wenn man Brandys Höllenhund-Pitbulls einmal außen vorließ. Niemand außer Brandy fühlte sich in Gegenwart dieser tollwütigen Monster sicher.

„Wieso?", fragte sie. „Ich kann selbst meine Katzen holen. Das ist kein Problem."

„So ist nun einmal das Prozedere. Wenn wir in Amsterdam sind, wirst du dich daran gewöhnen müssen."

„Wir können die Katzen nicht nach Amsterdam mitnehmen", rief sie aus.

Casimir tat ihren Einwand mit einer Handbewegung ab. „Meine Nichten und Neffen werden sie lieben."

Rox griff nach ihrer Handtasche. „Braucht man nicht einen Haustierpass und eine Menge anderen Papierkram, um Katzen mit auf einen internationalen Flug nehmen zu können?"

„Manchmal. Nicht dieses Mal." Casimir schaute einfach weiter aus dem Fenster, beobachtete die Umgebung.

Rox' Magen verkrampfte sich noch mehr. „Wieso nicht?"

Casimir erwiderte, ohne sie anzusehen: „Wir reden später darüber, wenn wir allein sind."

Kapitel Siebzehn

DER UMARMER

*D*ie Katzen versteckten sich unter den Sitzen des SUVs und jammerten während der ganzen Fahrt zum Flughafen, die aber glücklicherweise nicht allzu lange dauerte.

Als Rox das letzte Mal durch das private Terminal gegangen war, was nicht einmal zwei Tage her war, war sie so aufgeregt von der Vorstellung gewesen, mit einem Privatjet zu fliegen, und hatte durch die riesige Glasfront auf der Rückseite des Terminals auf all die privaten Flugzeuge runtergeschaut, die draußen kamen und gingen, dass sie sich gar nicht richtig im Gebäude umgesehen hatte.

Auf dem Rückweg war sie zu verstört gewesen, um groß etwas von ihrer Umgebung wahrzunehmen.

Das Terminal war *schick*.

Es erinnerte sie an einen dieser Filme, die im neunzehnten Jahrhundert, vielleicht in Afrika, spielten, und wo die überschwänglich protzige Kulisse ein offensichtlicher sozialer Kommentar war, um zu betonen, dass das imperiale Reich in dem Film so dekadent, so moralisch verwerflich war, dass das Land ausgebeutet und die Leute versklavt worden sein mussten, um es so aussehen zu lassen.

Ja, *so* sah es aus.

In diesen Filmen waren jeder Stuhl und jedes Sofa mit schimmerndem, weichem Lederpolster versehen. Geschliffene Kristall- und Stielgläser funkelten in der tropischen Sonne, mussten mit sehr hohen Versandkosten von irgendwoher importiert worden sein. Die Kellner, die sich unterwürfig verbeugten, während sie Erfrischungen brachten, die pro Glas hunderte Dollar kosteten, waren alle Prachtexemplare der Menschheit, so dekorativ wie die Kunst an den Wänden, die riesigen Vasen mit farbprächtigen Blumen auf jedem Tisch und der dicke Teppichboden.

Jepp.

Rox bewegte nur ihre Augen, aber nicht den Kopf, während sie den Luxus musterte, in dem reiche Leute schwelgten, bevor sie zu ihren Privatjets rausgingen.

Sie war hin und her gerissen zwischen dem Wunsch, es selbst mal zu genießen, oder einfach alles niederzubrennen. Andere Menschen verhungerten schließlich. Verflixt. Der Champagner, den ein Kellner ihr von einem Tablett aus anbot, war absolut köstlich.

„Hier entlang, bitte", sagte Hugo.

Casimir führte sie am Ellenbogen durch das Flughafenterminal, als wüsste sie nicht selbst, wo sie hingehen sollte.

Der schlanke Jet, der draußen vor den Fenstern wartete, schimmerte silbern im Sonnenlicht, nur

sein Heck nicht, das in einem gräulichen Blau ange-
malt war und auf dem drei goldene Kronen prang-
ten. Die Lackierung war ihr bei ihrem ersten
nächtlichen Flug mit der Maschine gar nicht
aufgefallen.

Sie musste nicht einmal Casimirs Tattoo an
seinem rechten Unterarm sehen, um zu wissen, dass
das Heck zu einem der drei Schilde passte. Das war
nicht zu leugnen.

Sie überquerten die Rollbahn, Casimirs Hand
lag immer noch an ihrem Ellenbogen, und stiegen
die Treppe zum Flugzeug hoch.

Die zwei Securitymänner im Eingangsbereich
traten zurück, als sie Rox und Casimir sahen, gaben
ihnen den Weg frei.

Maxence saß in einem der weißen Ledersessel,
mit den Händen auf den Knien und geschlossenen
Augen.

Arthur stand im Gang, stützte sich an zwei Stuhl-
lehnen ab und hatte ihnen den Rücken zugewandt.

Als sie sich durch die Türöffnung duckten,
wirbelte Arthurs Kopf herum. Er schritt mit großen
Schritten auf sie zu und packte sie beide in einem
Schwitzkasten um den Hals, zerrte Casimir an seine
Schulter und die kurze, kleine Rox an seine Seite.

Ihr Gesicht wurde an Arthurs dunkelblauen
Anzug und seine darunterliegenden Rippen
gequetscht.

Sie versuchte, ihn von sich wegzuschieben,
presste ihre Hand gegen seine Seite, aber Arthurs
Ellenbogen umfing weiterhin ihren Hals. Obwohl
der feine Stoff seines Anzugs und seines Hemds
zwischen ihrer Handfläche und seinem Körper lag,
konnte sie seine Muskeln deutlich spüren.

Sie drückte etwas fester gegen ihn, weil er sie wirklich nicht losließ.

„Was zur Hölle ist nur bei euch beiden los?", wisperte Arthur heiser.

Von Arthurs anderer Seite kommentierte Casimir mit leicht erstickter Stimme. „Rox, ich habe vergessen zu erwähnen, dass Arthur ein *Umarmer* wird, wenn er aufgewühlt ist."

Arthur schüttelte sie beide, während er sie noch immer im Schwitzkasten hatte. „Ihr zwei werdet in Amsterdam oder London bleiben. Ihr geht nicht wieder zurück in dieses Höllenloch. Wenn ihr Security braucht, Caz, werde ich sie euch zur Verfügung stellen. *Hast du mich verstanden?"*

Casimir klopfte Arthur auf den Rücken. „Ich versichere dir, sobald wir in Amsterdam sind, wird meine Schwester mich nicht einmal mehr zur Toilette gehen lassen, ohne dass ein Securityteam die Räumlichkeiten gesichert hat."

Hinter Arthur, bei den Sitzen, hatte Maxence die Augen geöffnet und starrte sie an. Er stieß einen schweren Atemzug aus und sackte in seinen Stuhl zurück.

„Ihr habt mir eine Heidenangst eingejagt, ihr Arschlöcher." Arthur schüttelte sie noch etwas mehr durch, wie um sich zu vergewissern, dass sie real waren. „Ein Scharfschütze und Brandbomben an *einem einzigen verdammten Tag.*"

Rox gab auf und legte ihre Arme um Arthurs Taille, erwiderte seine Umarmung.

Sein Arm lockerte sich an ihrem Hals, und seine Hand sank zur Mitte ihres Rückens runter. „Ich habe die Videoaufnahmen gesehen. Es sah aus wie ein koordinierter Terroranschlag. So nennen sie es, wisst ihr? Sie streiten ab, dass der Angriff auf eine bestimmte Person abgezielt hat, und beziehen die Bundesbehörden ein."

„Aber es geht uns gut", meinte Casimir und klopfte ihm erneut auf den Rücken. „Wir stehen wohlbehalten vor dir. "

Arthur gab sie frei, warf sie schon beinahe nach hinten und richtete die Hemdmanschetten unter seiner Anzugjacke.

Rox stolperte, fand aber eine Rückenlehne, an der sie sich festhalten konnte.

„Ihr Idioten", murmelte Arthur.

Casimir streckte über die Sitze hinweg eine Hand nach Maxence aus, der aufstand und sie ruhig schüttelte.

„Es freut mich sehr, euch zu sehen", sagte Maxence mit leiser, gefasster Stimme.

„Ich freue mich auch. Danke, dass wir uns deine Männer ausleihen durften."

Maxence winkte ab. „Ich war erleichtert, als ich gehört habe, dass sie euch wohlbehalten vorgefunden haben und ihr auf dem Weg zum Flugzeug wart."

Arthur schob sich an ihnen vorbei und ging zur Vorderseite des Flugzeugs, wo er sich ins Cockpit reinlehnte. „Bringen Sie uns hier raus", sagte er zum Piloten.

Die Motoren starteten dröhnend.

Rox suchte sich einen Sitz und verstaute ihre Handtasche, die, soweit sie wusste, alles enthielt, was von ihren Besitztümern noch übrig war. Man hatte ihr gesagt, dass ihre anderen Sachen in einem Lagerraum waren. Die Firma, der ihre ehemalige Wohnung und das ganze Haus gehörte, hatte alles dort hinbringen lassen, aber Rox hatte noch keine

Gelegenheit gehabt, den Schlüssel auszuprobieren und sich davon zu überzeugen. Alles, was sie mit zu Casimirs Haus genommen hatte, war wahrscheinlich verbrannt oder vom Löschwasser völlig durchnässt.

Drei weitere Securitymänner stiegen die Rampe hinauf, jeder hielt eine ihrer Katzen auf dem Arm. Sie hielten ihre kleinen Bestien mit sicherem Griff, einen Arm um ihre Bäuche geschlungen und die andere Hand packte ihr Nackenfell. Die Katzen sahen verängstigt und zugleich empört über diese Behandlung aus. Pirate war kurz davor, zu fauchen.

Eine Flugbegleiterin zog die Tür mit einem Rums zu und drehte das Rad, um sie von innen zu verriegeln.

Die Securitymänner senkten die Katzen auf den Boden, ließen sie frei.

Alle drei Katzen rannten auf Rox zu, kletterten auf ihren Schoß und ihre Schultern und schnurrten laut.

Kapitel Achtzehn

VAN ORANJE-NASSAU VAN AMSBERG

C asimir setzte sich neben Rox und streckte die Beine unter dem Tisch und dem Sitz vor sich aus, bis seine Fußgelenke den unteren Teil davon berührten.

Wie immer gab es nicht genug Beinfreiheit.

Kein Wunder, dass Maxence und Arthur das Sofa weiter hinten im Flieger für sich beansprucht hatten, wo sie sich langmachen und fernsehen konnten.

Er beschlagnahmte Pirate von Rox, zog die riesige orangefarbene Katze auf seinen eigenen Schoß und streichelte die kaputten Ohren der Bestie. Die Stümpfe fühlten sich an den Rändern rissig an, und Casimir achtete darauf, dass er sehr sanft war, während er seine Finger im Fell der Katze versinken ließ.

Nun, so langsam musste er die Sache angehen. „Können wir reden, nachdem wir in London umgestiegen sind? Dann werden wir allein sein, oder zumindest werden Arthur und Maxence nicht mehr da sein."

„Nein", widersprach Rox. Ihre schönen braunen Augen waren wütend geweitet. „Wir müssen jetzt reden. Ich habe das Gefühl, dich gar nicht richtig zu kennen."

„Du kennst mich", meinte er mit leiser Stimme. „Du kennst mich besser als jeder andere auf der Welt. Ich habe dich nie angelogen."

Sie rollte mit den Augen und schnaubte. „Du musst mal mit Maxence über Unterlassungssünden sprechen."

Er nickte und streichelte Pirate weiter, während sich dieser auf seinem Schoß entspannte. Er war sich vollkommen bewusst gewesen, was er ihr all diese Jahre verschwiegen hatte. Es war an der Zeit, Wiedergutmachung zu leisten. „Frag mich, was immer du willst."

Rox hatte ein wunderschönes, herzförmiges Gesicht, selbst wenn ihr Kiefer sich zusammen-presste und sie wütend mit den Zähnen knirschte. „Was ist dein echter Name?", fragte sie.

„Casimir Friso van Amsberg."

„*Wirklich?*"

Er biss sich auf die Unterlippe. „Mein Taufname ist Casimir Friso David Constantijin Christof, und mein ganzer Nachname theoretisch van Oranje-Nassau van Amsberg, aber den benutze ich fast nie."

„*David?*"

„Wie es die Tradition vorgibt, bin ich nach meinen vier Patenonkeln benannt worden."

„Heiliger Bimbam, das klingt wie bei Dumble-dore. Er hatte ‚Brian' inmitten einer ganzen Menge seltsamer Namen."

Er nickte, starrte die Katze auf seinem Schoß an. Rox hatte ihn vor Jahren dazu gedrängt, sich die Harry-Potter-Bücher anzuschauen, und er hatte alle sieben gelesen. Er teilte ihre Vorliebe für unterhaltsame, fantasievolle Bücher. „Ich schätze, sie passen stilistisch nicht alle perfekt zueinander."

„Aus welchem Land kommst du wirklich? Bist du Engländer?"

Er schaute sie überrascht an. „Ich bin Niederländer. Ich habe dich nicht angelogen."

„Und dennoch hast du einen längeren Namen als jeder andere, den ich kenne, und ich kannte nicht einmal die Hälfte davon."

Er biss sich auf die Unterlippe. „Van Amsberg ist der Name meines Ur-Großvaters, der Deutscher war. Ich habe dir von ihm erzählt."

Rox wartete, streichelte die Katzen auf ihrem Schoß. Speedbump hatte sein Gesicht unter ihrem Arm vergraben.

„Und Oranje-Nassau ist der Name meines Hauses", schloss er ab.

„Deines Hauses …", wiederholte sie.

„Wie das Haus von Windsor, Romanov oder Hannover."

„Also bist du nicht vom Haus Hufflepuff."

Einer seiner Mundwinkel hob sich zu einem schiefen Lächeln. „Nichts ist falsch daran, ein Hufflepuff zu sein. Sie sind loyal. Und Loyalität ist viel wert."

„Ich bin mir sicher, dass du ein Ravenclaw wärst."

Sie hatten diese Diskussion bereits dutzende Male geführt, und sie lief immer auf dasselbe hinaus. „Aber Ravenclaws sind böse."

„Nein. Sie sind nur klug. Und irgendwie böse. Und du bist Anwalt. Also ja, du bist definitiv ein Ravenclaw." Sie schaute auf die Katzen runter. „Sind Arthur und Maxence auch adelig?"

„Arthur ist kein Mitglied einer königlichen Familie, und daran erinnern wir ihn auch regelmäßig. Maxence hat vor, all seinen Rechten zu entsagen, um sich der Kirche anzuschließen."

Casimir hörte ein Husten hinter sich, das verdächtig nach „Arschloch" klang. Als er nach hinten schaute, lachte Arthur feixend, wie immer.

Rox starrte ihn immer noch wartend an. „Und dennoch hat Arthurs Flugzeug drei Königskronen auf dem Heck."

„Keine Königskronen. Adelskronen."

„Aha, und ich schätze, das macht einen Unterschied."

„Das tut es."

Sie griff nach Casimirs rechtem Arm und schob seinen Ärmel hoch, entblößte seinen Unterarm mit den drei Schild-Tattoos. Ihre Hand wärmte sein Handgelenk. „Dann halt drei Adelskronen. Wie auf deinem Tattoo."

Das Flugzeug ruckelte kurz und rollte dann rückwärts, entfernte sich vom Terminal.

Er drehte seinen Arm so, dass die Morgensonne, die durch das Fenster hereinfiel, das Tattoo auf seiner Haut erhellte. „Der blaue Schild mit den drei Adelskronen ist Arthur. Das rotweiße Rautenmuster ist Maxence. Der niederländische Löwe vor orangefarbenem Hintergrund steht für mich."

„Für das Haus Oranien-Nassau."

„Für Hufflepuff."

„Ach, hör schon auf." Sie gab ihm einen Klaps

auf die Schulter, wie immer. Jahrelang hatte er sie immer wieder dazu gebracht, ihm gegen die Schulter zu schlagen und dabei zu grinsen. Er liebte es, wenn sie das tat.

„Wir haben uns kurz vor unserem Schulabschluss tätowieren lassen", erklärte er. „Das Tattoo steht für den Schwur, dass wir uns immer gegenseitig unterstützen werden. Das dreieckige Herzstück zwischen den drei Schilden ist ein keltischer Knoten, der Freundschaft symbolisiert."

„Deshalb hat deine Schwester also die beiden angerufen." Sie schaute sich das Tattoo genauer an. „Es sieht irgendwie etwas verblasst aus."

Die Farbe unter seiner Haut war nach über einem Jahrzehnt bläulich geworden. „Es wurde vor zwölf Jahren gestochen. Als wir siebzehn waren."

Das Flugzeug hielt an, wendete und rollte dann vorwärts. Draußen vor dem runden Fenster warfen Kuppelhangars und Industriebauten in dem morgendlichen Sonnenlicht schwarze Schatten aufeinander.

„Also symbolisiert der niederländische Löwe das Königshaus." Rox biss sich auf die Unterlippe.

So verführerisch. Dieses Gespräch musste einfach gut verlaufen, damit er wieder eine Chance bekommen würde, an ihren Lippen zu knabbern, vielleicht heute Nacht.

„Also, wie *hätte* ich dich all die Jahre über anreden sollen?"

„Casimir."

„Nein. *Wirklich.*"

„Das ist mein Name. So nennen mich meine Mutter und meine Schwestern. Arthur nennt mich ‚Caz', weil drei Silben für ihn zu anstrengend sind."

Arthur schnaubte ein paar Reihen hinter ihnen.

„Mein Nachname spielt keine Rolle. Es spielt keine Rolle, in welche Familie ich hineingeboren wurde. Ich habe nicht vor, jemals in die Niederlande zurückzukehren, außer für Familienfeiern. Ich werde dort niemals leben." In seiner Stimme schwang ein scharfer Unterton mit, den er nicht beabsichtigt hatte.

Ihre Augenbrauen hoben sich. „Du magst die Niederlande nicht?"

Er kratzte an der knorrigen Narbe und der neuen Brandwunde auf seiner Wange. In seinem Kopf redete er sich ein, dass es nur juckte, aber die blasige, verkohlte Haut brannte immer noch. „Es ist mir lieber, woanders zu leben, wo ich meine Ruhe habe."

Rox drehte sich auf ihrem Sitz zu ihm um, was Speedbump und Midnight aufregte und zum Grummeln brachte, bevor sie sich wieder auf ihrem Schoß zusammenrollten. „Sag mir, wieso."

Er kratzte wieder an den neuen Narben auf seiner Wange, eine nervöse Geste. „Ich habe dir von dem Autounfall erzählt, den ich mit sechs Jahren hatte."

Rox griff nach seiner Hand, und er drückte ihre Finger. Pirate knabberte an seinem Arm, weil er aufgehört hatte, ihn zu streicheln.

„Nach dem Unfall waren einige Leute nicht sehr nett, obwohl ich noch ein Kind war."

„Ein *kleines* Kind."

Hinter ihnen hörte Casimir Arthur niesen, nur klang es ähnlich wie „Willem".

Das Thema konnten sie ein andermal angehen.

„Die Reporter einer gewissen Zeitung waren

besonders aufdringlich", erzählte Casimir. „Sie folgten mir, fotografierten mich und sprangen aus Verstecken heraus, weil ich besonders monströs aussah, wenn ich überrascht war. Die Fotos wurden mit unterhaltsamen Bildunterschriften abgedruckt."

Rox glitt mit ihrer Hand zu seinem Ellenbogen und schlang ihre Finger um seinen dicken Bizeps. Er konzentrierte sich auf Pirate in seinem Schoß und Rox' Hand auf seinem Arm. Er hatte schon als Kind gelernt, seine Emotionen nicht zu zeigen. Ein weinendes Monster sah viel schlimmer aus als ein stoisches.

„Es gibt keinen Grund für mich, langfristig in Amsterdam zu bleiben. Eine Untersuchung wird zeigen, ob es eine gute Idee wäre, nach Los Angeles zurückzukehren. Ich befürchte nicht."

„Ja, ich glaube nicht, dass du dorthin zurück kannst", stimmte sie zu.

„Ich habe den Rest der Welt."

Rox streichelte mitfühlsam über seinen Arm. „Es tut mir leid. Das muss schrecklich gewesen sein."

Casimir zuckte mit den Schultern. „Es ist lange her."

Die neue Brandwunde fühlte sich immer noch wie Feuer auf seiner Haut an.

„Wenn du willst, ich habe etwas Gaze und Klebeband in meiner Handtasche für …" Sie deutete auf ihre eigene Wange. „Du weißt schon."

Zorn brodelte in ihm hoch, aber abgesehen von einem kleinen Augenbrauenzucken zeigte seine Miene das nicht. „Sie können es ruhig sehen. Sollen sie doch ihre Fotos machen und reden."

„Himmel, was haben sie gesagt?"

Ihr Entsetzen über seine Reaktion ließ vermuten,

dass er seinen Zorn doch nicht so erfolgreich unterdrückt hatte. „Dass ich meinen Platz in der Thronfolge zugunsten meines Bruders Willem aufgeben sollte, nur für den Fall, dass meiner Schwester etwas zustößt. Denn niemand will einen Prinzen oder einen König, der wie ein Monster aussieht."

Rox' Augen weiteten sich, diesmal vor Mitgefühl. „Wie konnten sie das nur über ein Kind sagen."

Verdammt, er wollte ihr Mitgefühl nicht. Er wollte nicht, dass sie ihn als ein monströses Objekt sah, das man bemitleidete oder verachtete. „Glücklicherweise hat meine Schwester geheiratet und mich recht schnell in der Erbfolge nach unten verdrängt, sodass sich der Punkt sowieso erübrigt hat."

„An welcher Stelle stehst du jetzt?"

Er streichelte Pirate, dessen übel zugerichtetes, hässliches Gesicht zufrieden lächelte. „An sechster. Ana steht an erster Stelle, gefolgt von ihren vier Kindern."

„Also ist deine Schwester ‚Ana', mit der ich gesprochen habe, Anastasia die Unheilvolle, die Kriegerkönigin der Niederlande."

Er spürte, wie sein Lächeln breiter wurde. „Die Krieger-*Kronprinzessin* der Niederlande. Unsere Eltern sind noch sehr lebendig."

„Und wer kommt nach dir?", fragte sie.

„Mein jüngerer Bruder Willem und meine Schwester Margriet. Wahrscheinlich wirst du alle in den nächsten vierundzwanzig Stunden oder so kennenlernen. Ana hat gesagt, dass sie ‚etwas arrangieren' würde, was genauso ominös ist, wie es sich anhört." Er verlagerte sein Gewicht auf dem Sitz. „Hör mal, ich will nicht sagen, dass du unhöflich sein sollst oder so etwas, aber wenn du Willem triffst, glaube nichts von dem, was er sagt. Margriet ist in Ordnung. Du wirst sie mögen."

„Wieso soll ich ihm nicht glauben? Wird er mir erzählen, dass du durch ganz Amsterdam gezogen bist und alle Bordelle in De Wallen unsicher gemacht hast?"

Er hob eine Augenbraue. „Ich glaube, ich fand es besser, als du nur von den Windmühlen und Tulpen gewusst hast."

„Ja, nun. Ich habe etwas gegoogelt."

„Ich habe das De-Wallen-Viertel nie besucht. Hast du das im Internet gefunden?"

„Ich habe nur etwas über das Rotlichtviertel gelesen. Ich wusste nicht, dass ich *dich* googeln sollte. Hätte ich das, wäre ich wahrscheinlich gerade nicht so geschockt."

„Willem könnte in der Tat so eine Geschichte vorbereitet haben, wenn er glaubt, sie könnte wirksam sein oder mir etwas ausmachen. Wahrscheinlich würde er so etwas oder Schlimmeres sagen, wenn es mich dazu bringen könnte, zurückzutreten."

„Ist das dein Ernst? *Wovon* zurücktreten?"

Ah, solche Naivität. „Von meinem Platz in der Thronfolge, sodass er auf Platz sechs vorrücken würde."

„Warum sollte er das tun wollen? Deine Schwester und ihre vier Kinder wären immer noch vor ihm!"

Casimir zuckte mit den Schultern. „Ich habe keine Ahnung, warum er irgendetwas tut. Der Rest von uns lebt in der realen Welt, wir arbeiten im Handel, im Finanz- oder Rechtswesen. Er glaubt, sich in einem Fantasy-Roman zu befinden, wo er den Thron besteigen oder sterben muss."

„Ernsthaft?", fragte sie mit skeptisch gehobenen Augenbrauen.

Casimir zuckte mit den Schultern. „Er ist nicht geistesgestört, aber ich schwöre, wenn es ihm möglich gewesen wäre, hätte er uns alle letztes Jahr auf seiner Hochzeit umgebracht."

„Das ist seltsam, Casimir."

Er seufzte. „Ich weiß."

Rox zögerte, fragte dann aber: „Eigentlich wäre es *Prinz* Casimir, oder?"

Casimir kraulte Pirate unterm Kinn, da es ihn irgendwie beruhigte. „So werden mich die Leute nennen, wenn sie mich in Amsterdam sehen."

Hinter seinem Rücken nannten sie ihn immer noch Prinz Monster.

Kapitel Neunzehn

NICHTS HAT SICH GEÄNDERT

Okay, also „Cash Amsberg", Rox' Boss, der heiße Anwalt, den Rox seit drei Jahren kannte, der unwiderstehliche Scherzkeks, den sie in ihren besten Momenten auch zum Lachen bringen konnte, der Mann, der sie im Amazonas-Regenwald vor Blutegeln gerettet, in Italien vor grapschenden Händen beschützt und sie mehr als einmal sicher ins Bett gebracht hatte, wenn sie ihre Alkoholtoleranz für unbekannte internationale Drinks überschätzt hatte, der Mann, den sie vor einer entschlossenen russischen Prostituierten retten musste und dessen Hand sie gehalten hatte, als er nach einem Autounfall im Krankenhaus gelegen hatte, dieser Kerl war tatsächlich *Prinz* Casimir der Niederlande.

Rox konnte es nicht fassen.

Sie würde ihn am liebsten durchschütteln.

So etwas hätte er ihr doch sagen müssen.

Aber eigentlich änderte es nichts.

Er war immer noch derselbe Spinner, der ihre Katzen verwöhnte. Pirate sabberte in diesem

Moment zufrieden auf sein Knie. Ernsthaft, unter dem Kinn des Katers war tatsächlich ein dunkler Fleck auf Casimirs Anzughose. Er sabberte buchstäblich vor Glück.

Er war immer noch der scharfsinnige Anwalt, mit dem sie zusammenarbeitete und sich gegnerischen Anwälten als gemeinsame Front stellte, der Kerl, der eine ganze Anwaltskanzlei zu Fall gebracht hatte, weil er es nicht zulassen konnte, dass diese ihre Klienten weiter über den Tisch zog.

Er war immer noch derselbe Kerl, der mit jeder Person, die er traf, reden konnte, und sein Gegenüber würde nach dem Gespräch davon überzeugt sein, dass Casimir ein klasse Typ und sein bester Freund war.

Diese Geselligkeit und Kultiviertheit könnten angelernt sein, realisierte sie. Das alles wären exzellente Fähigkeiten für einen königlichen Diplomaten, und sie waren ihm wahrscheinlich schon in seiner Kindheit eingetrichtert worden.

Aber Casimir war immer noch derselbe Mann.

Und Rox war immer noch seine Rechtsassistentin, die wahrscheinlich die letzte Frau auf Erden war, mit der er schlief.

Also hatte sich nichts wirklich verändert.

Abgesehen davon, dass Rox sich am liebsten unter dem Tisch in diesem privaten Flugzeug verstecken würde, anstatt seine Schwester, Kronprinzessin Anastasia die Unheilvolle, die Kriegerprinzessin zu treffen, die nur zum Spaß in Frankreich einfallen könnte.

Kapitel Zwanzig

CASIMIRS FLUGZEUG

*A*ls Arthurs Flugzeug in London gelandet war, verabschiedeten Rox und Casimir sich ernst und kultiviert von Maxence und Arthur, der sie diesmal nicht beinahe mit einer Umarmung erwürgte, und liefen durch die Jetbrücke in das private Terminal von Heathrow.

Am Ende des Tunnels wurden sie von einer Truppe Kommandosoldaten in schwarzen Arbeitsuniformen umschwärmt.

Rox griff erschrocken nach Casimirs Arm, bereit, die Beine in die Hand zu nehmen, aber Casimir legte einen Arm um ihre Schultern und hielt einem der Soldaten seine Hand hin. „Schön, Sie wiederzusehen, Lachlan."

Der Mann sagte etwas auf Niederländisch und lächelte grimmig, während er Casimirs Hand schüttelte.

Casimir erwiderte etwas auf Niederländisch, sprach mit ruhiger, zuversichtlicher Stimme, bevor er seine Hand wieder sinken ließ.

Die anderen Soldaten standen alle mit dem Rücken zu ihnen gewandt, hielten ihre Gewehre vor der Brust und schienen auf alles gefasst zu sein.

Rox war sich nicht sicher, wie sie es geschafft hatten, all diese Waffen ins Land hineinzuschmuggeln, und sie dann auch noch in einem Flughafen offen trugen, aber offensichtlich hatte es seine Vorteile ein Prinz zu sein, wie dass sich die hauseigene Security nicht mit lästigen Waffengesetzen aufhalten musste.

Der niederländische Soldat sagte noch etwas zu Casimir, und dann bewegte sich die ganze Truppe wie eine mehrbeinige Bestie durch das kleine Terminal zu einem anderen Gate. Rox beeilte sich, mit ihnen Schritt zu halten.

Wow, das private Terminal in Heathrow war so groß, dass es eine Menge Gates hatte.

Die Soldaten hetzten Casimir und Rox durch den nächsten Tunnel und eine Tür, die zu einem weiteren Jet führte.

Casimir schaute im Gehen aus den Fenstern raus und sagte etwas zu dem Soldaten, mit dem er auch vorhin geredet hatte, aber Rox war zu sehr damit beschäftigt, nicht von den schwer bewaffneten Männern überrannt zu werden, um aus dem Flugzeug rauszuschauen.

Sie versuchte, kurz im Türrahmen stehenzubleiben, um den Anblick des großen Innenbereichs in sich aufzunehmen. Die Maschine war viel größer als die von Arthur, ein Jumbojet, aus dem alle unbequemen Sitze für gewöhnliche Leute rausgeräumt und durch Wohnzimmermöbel ersetzt worden waren. Es gab Sitzgruppen mit Tischen. Etwas weiter hinten trennte eine Wand einen anderen Bereich des Flugzeugs ab.

Als sie stehenblieb, zupfte Casimir wenige Augenblicke später an ihrem Arm, und auch die Männer hinter ihr stampften mit ihren Stiefeln weiter über die Landungsbrücke.

Sie und Casimir setzten sich auf einen der breiten, verstellbaren Sessel, und die schwarzgekleideten, bewaffneten Männer marschierten an ihnen vorbei in den hinteren Bereich des Flugzeugs.

„Wie es aussieht, hat meine Schwester das große Flugzeug geschickt, das normalerweise für Staatsbesuche reserviert ist. Ich reise normalerweise nicht so."

„Es ist gut, dass sie dir nur das Beste schicken will." Rox strich mit einem Finger über die Armlehne. Das Leder war so weich, dass es sich wie seidige Bettlaken anfühlte.

„Uns werden außerdem zwei Kampfjets nach Den Haag eskortieren."

„Ich dachte, wir würden nach Amsterdam fliegen."

„Anscheinend ist meine Familie in den Palast Huis ten Bosch in Den Haag umgesiedelt, also werden wir dort hingehen. Das ist ohnehin unsere Hauptresidenz."

Rox schaute aus dem runden Fenster, welches ihr größer erschien als die normalen Flugzeugfenster. Breiter war es definitiv. „Ist es normal, dass dir Kampfjets überall hin folgen?"

„Ganz und gar nicht. Meine Schwester hat wohl die amerikanischen Nachrichten gesehen und ist von der ganzen Situation wenig amüsiert."

Ein schrecklicher Gedanke kam Rox in den Sinn.

„Kann sie dir verbieten, die Niederlande zu verlassen, weil sie die Prinzessin ist?"

Casimir lachte. „Nein. Auch wenn sie wahrscheinlich glaubt, dass sie das kann."

Der erste Kommandosoldat kehrte zurück und hielt Casimir ein Handy hin. „Ihre Hoheit möchte mit Ihnen sprechen."

Casimir rollte mit den Augen und lachte erneut. „Danke, Lachlan."

Kapitel Einundzwanzig

DEN HAAG

*N*achdem das königliche Flugzeug im Flughafen Rotterdam Den Haag gelandet war, schalteten die Securitymänner einen Gang höher.

Rox hatte Mühe, mit Casimir und den Kommandosoldaten mitzuhalten, die sie von allen Seiten umgaben und auf jede noch so kleine Bewegung in ihrer Umgebung achteten, während sie durch den Flughafen und zur Straße hinaus eilten, wo eine Flotte schwarzer Limousinen auf sie wartete.

Einer der Soldaten hielt die Hintertür der zweiten Limousine auf und winkte sie zu sich.

Casimir ergriff Rox' Hand und half ihr beim Einsteigen. Sie rutschte über den Rücksitz, und er faltete seinen langen Körper zusammen, um nach ihr einzusteigen. Der Soldat schlug von außen die Tür zu und klopfte dreimal aufs Autodach.

Zwei weitere Securitymänner saßen vorne. Derjenige auf dem Beifahrersitz schaute zu Rox zurück und lächelte ihr angespannt zu, bevor er wieder den Bürgersteig und den Verkehr überwachte.

Die Karawane aus schwarzen Limousinen fuhr in eine ländliche Gegend und dann in einen Wald hinein.

Einen Wald. Einen Wald mit einem Schoss.

Das alles war schon recht surreal.

Casimir sprach die ganze Zeit über kein Wort. Er beobachtete den spärlichen Verkehr und die an ihnen vorbeiziehenden Bäume, als würde er auf etwas warten. Als sie mit den Fingern über die Lederrückbank auf seine Hand zuwanderte, verschränkte er seine Finger mit ihren, musterte aber weiterhin die Baumkronen und die anderen Autos, war ebenso wachsam wie die Soldaten auf den Vordersitzen. Der Geruch von Gras und Blättern wehte durch die Lüftungsanlage des Autos herein.

Die Limousine fuhr schwungvoll um ein großes, altmodisches Gebäude herum zu einem Hintereingang, wobei Rox in ihren Sitz zurückgepresst wurde.

Sie vermutete, dass das Gebäude ein Hotel war. Mit der wunderschönen Fassade, den Säulen und der Gipsverkleidung sah es definitiv aus wie ein Hotel.

Und noch dazu wie ein sehr nettes, eins von diesen, wo Rox nur übernachtet hatte, wenn sie auf Geschäftsreise war und die Anwaltskanzlei die Kosten übernahm. Allerdings hing kein Schild draußen an der Wand.

Es war kein Hilton. Kein Four Seasons. Kein Holiday Inn.

Nein, es war ein *Palast*.

„Dieser Securityaufwand ist höchst ungewöhn-

lich", sagte Casimir zu ihr. „Ich glaube, der Brandbombenanschlag hat meine Schwester etwas
beunruhigt."

Der Fahrer sagte etwas auf Niederländisch, ein
trockener, sarkastischer Tonfall schwang in seiner
Stimme mit.

Casimir schnaubte leicht amüsiert. „Er meint,
dass Ana auf und ab marschiert ist und jeden Aspekt
der Sicherheitsoperation, wie sie es nennt, mitbe-
stimmt hat."

Der Fahrer sagte noch etwas anderes, sein tiefes
Lachen klang unheilvoll.

Casimir rollte mit den Augen. „Und der Herr
sagt, dass uns bis zum Empfang heute Abend ein
paar Stunden bleiben, um uns frisch zu machen.
Meine Eltern sind nicht in der Stadt, also wird uns
nur meine Schwester, die Kronprinzessin Anastasia,
willkommen heißen."

„Wir haben keine Kleidung für einen Empfang",
protestierte Rox. „Ich habe überhaupt keine Kleidung." Sie zog an ihrem T-Shirt. „Ich trage immer
noch Brandys großes Sport-Shirt, weil es das
Einzige war, was über meine ...", sie schaute zu den
zwei Fremden auf den Vordersitzen, „Oberweite
passte."

Er lachte leise. „Ich bin mir sicher, dass Ana sich
da auch einmischen wird."

Und damit sollte er recht behalten.

Sie wurden durch einen Hintereingang und
vergoldete Korridore zu einem Aufzug geführt, der
sich zu einem kleinen Flur hin öffnete. Ähnlich wie
bei einem sehr netten Hotel in Manhattan, wo sie
einmal gewesen waren, gab es nur drei Türen an den
Flurwänden. Casimir ging direkt zu der Tür ganz

am Ende, an der keine Zahl oder so etwas war, und drehte den Türknauf, um hineinzugehen.

Rox fragte ihn nicht, woher er wusste, welches Zimmer ihnen zugeteilt worden war. Sie folgte ihm einfach wie ein verlorenes Kind.

„Das Personal wird gleich die Katzen hochbringen", sagte Casimir. „Ich habe gehört, dass sie sogar ein paar Transportboxen gefunden haben. Das sollte es einfacher machen, die Tiere in unsere Wohnung hochzubringen."

„Das ist eine Wohnung?" Rox hatte sich gefragt, ob es in Ordnung war, sich auf die cremefarbenen, mit Rohseide gepolsterten Stühle und Möbel zu setzen, und sie hoffte wirklich, dass ihre Katzen sich benehmen würden und ihre Klauen nicht an Möbelstücken wetzten, die mehrere tausend Dollar wert sein mussten. Wenn nicht sogar ein paar Nullstellen mehr. Sie konnte nicht einschätzen, wie wertvoll all diese Sachen sein mussten. „Ich dachte, wir wären in einem Hotel."

„Das hier ist meine Wohnung für wenn ich in der Stadt bin. Ich habe auch einige Klamotten hier."

All das hier, tausende Quadratmeter – ein Wohnzimmer, ein formales Esszimmer mit Stühlen für zehn Personen, zwei Schlafzimmer und drei Badezimmer – nur damit Casimir für die paar Male, die er zu Besuch kam, einen Ort hatte, wo er seine Klamotten bunkern konnte. Er konnte nicht oft zu Besuch gekommen sein. In den letzten drei Jahren hatte er sich nicht mehr als ein paar Wochen Urlaub genommen, und die meiste Zeit davon war er an irgendwelche Strände gereist.

„Ich habe Ana gesagt, was für eine Größe du

trägst", teilte er ihr mit. „Möglicherweise hat sie bereits Kleidung für dich herbringen lassen."

Als Rox den zweiten begehbaren Kleiderschrank im Schlafzimmer entdeckte, stellte sie fest, dass Ana tatsächlich Kleidung für sie vorbereitet hatte und dass sie einen exzellenten Geschmack besaß. Auf der einen Seite des Schranks hingen drei Etuikleider in Farbtönen von Schwarz zu Perlgrau, und auf der anderen Seite hing ein rosafarbenes Abendkleid.

Von draußen rief Casimir: „Unterwäsche und andere Dinge solltest du auch in den Schubladen finden."

Als Rox wieder aus dem Schrank herauskam, sah sie, wie Casimir mit einigen zusammengesuchten Kleidungsstücken auf dem Weg zu einer anderen Tür war – dem Badezimmer, wie sie annahm. „Woher kennst *du* meine Kleidergröße?"

„Von dem einen Mal, als die Airline dein Gepäck in New York verloren hat." Er wedelte mit den Boxershorts und der legeren Hose in seiner Hand. „Du hast mich zum Shoppen mitgeschleppt."

Sie stemmte ihre Hände in die Hüften. „Du hattest gesagt, dass du shoppen gehen willst."

„Ich wollte nicht, dass du die Taschen tragen musst." Er sah sie mit gehobenen Augenbrauen an und schloss dann die Zimmertür hinter sich.

Rox scrollte sich auf ihrem Handy durch Facebook und Co. Es gab keine allzu interessanten Neuigkeiten. Und sie war sich nicht sicher, wie sie alles, was ihr im Laufe des letzten Tages passiert war, in einem Update zusammenfassen könnte, oder ob sie das überhaupt sollte. Die Emoticon-Reaktionen wären das reinste Chaos.

Sie könnte so etwas schreiben wie: *Statusupdate:*

Ich habe eine Schießerei und einen Brandbombenanschlag über-
lebt, bin in den Niederlanden gelandet und der Kerl, für den ich
arbeite und mit dem ich schlafe, könnte eines Tages der König
von Holland werden. Selfie!

Brandy hatte ihr eine persönliche Nachricht geschickt: *„Im Ernst, wer zur Hölle sind Arthur und Maxence? Wir haben gerade Spenden erhalten, mit denen wir das Tierheim fünf Jahre lang über Wasser halten können."*

Sie fing an, diese Kerle zu mögen.

Casimir steckte das Haustelefon zurück in die Halterung und ließ seine Hand darauf ruhen. „Willem kommt kurz hoch, um mit uns zu reden."

„Ist er nicht derjenige, der König sein will?"

Sie wiederholte den Satz in ihrem Kopf. *Absurd.* Wie war ein nettes Südstaatenmädchen wie sie in Den Haag gelandet und spielte beiläufig auf Hofintrigen an?

Oh mein Gott, Hofintrigen. Das musste sie auch irgendwie in ihren Post einbauen.

„Ja. Mein jüngerer Bruder", erwiderte Casimir bedachtsam.

Sie legte ihr Handy weg. „Er wird nicht mit Attentätern hier aufkreuzen, um dich umzubringen, oder?"

Casimirs Augenbrauen zuckten nach unten, aber er lächelte nicht. „Wahrscheinlich nicht."

„Du machst Witze, richtig?"

„Ana hat Security im Flur positioniert. Willem mag viele Dinge sein, aber dumm ist er nicht."

„Oh, na dann. Wenn das so ist, fühle ich mich gleich viel sicherer. Hat er einen britischen Akzent wie du oder einen niederländischen wie Ana?"

Casimir schaute zu ihr rüber. „Das ist dir aufge-fallen, hm?"

Sie zuckte mit den Schultern. „Es ist ziemlich offensichtlich."

„Mein Bruder und meine Schwestern sind hier in Amsterdam und Den Haag aufgewachsen, also sprechen sie Englisch mit einem niederländischen Akzent. Ich bin im Le Rosey, dem Schweizer Internat aufgewachsen, wo ich Englisch von einem britischen Lehrer gelernt habe."

Sie hatte sich gefragt, wie das funktioniert hatte, wie Casimir Arthur und Maxence im Schweizer Internat kennengelernt hatte. „Ich kann nicht glauben, dass deine Eltern dich fortgeschickt haben."

„Es war so am besten. Maxence und ich waren schon vor dem Autounfall miteinander befreundet. Nachdem ich ins Le Rosey kam, wurden er und Arthur zu meinen Brüdern."

„Ich könnte meine Kinder niemals auf ein Internat fortschicken."

„Die Presse hat mich nicht in Ruhe gelassen. Meine Eltern mussten mich aus der Situation rausholen, und es gab auch ein Familienproblem."

Whoa. Das war interessant. Er hatte bisher nie ein Familienproblem erwähnt. „Ich kann mir nicht vorstellen, dass es besser war, im Internat zu leben als zu Hause."

„Das war es. Nach zwei Wochen habe ich aufgehört, jedes Mal zusammenzuzucken, wenn ein Busch raschelte. Nach ein paar Monaten war ich viel glücklicher. Es war definitiv die beste Wahl, mich aus den Niederlanden rauszubringen."

Sie schaute zu ihm hoch, aber er starrte immer noch nach vorne.

„Ana und ich stehen uns nahe, weil wir als Kinder zusammen gespielt hatten, bevor ich mit sieben fortgeschickt wurde. Margriet kenne ich kaum. Sie war noch ein Baby, als ich fortging."

„Und Willem?"

Seine Lippen pressten sich zu einer grimmigen Linie zusammen. „Er ist zwei Jahre jünger als ich. Wir standen uns nie nahe."

Es klopfte laut an der Tür.

„Das ging schnell", murmelte Casimir. Lauter sagte er dann: „Herein!"

Auf der anderen Seite des Wohnzimmers ging die Tür auf und ein Mann trat ein.

Er war groß, das konnte Rox daran erkennen, dass seine Gestalt bereits sehr einschüchternd wirkte, als er durch den übergroßen Türrahmen schritt. Und er hatte hellblondes Haar, das im von draußen hereindringenden Sonnenlicht schimmerte. Selbst aus der Entfernung sah er aus wie Casimir.

Er sah ihm wirklich *sehr* ähnlich.

Rox schaute zu Casimir auf, der stocksteif neben ihr stand. Er blinzelte nicht einmal.

„Casimir!", rief der Mann von der anderen Seite des Zimmers.

Auch seine Stimme klang wie die von Casimir.

Neben ihr streckte Casimir den Rücken durch, und seine eisige Miene verwandelte sich in die professionelle Maske von der Arbeit, modifiziert durch ein formelles Lächeln.

Das war seltsam. Casimir setzte dieses Gesicht sonst nur während Verhandlungen mit sehr unangenehmen, gegnerischen Anwälten auf. Einmal hatte der andere Anwalt Kautabak im Mund und ihn in einen Pappbecher gespuckt, der sehr schnell durchweichte. Braune Flüssigkeit war an einer Seite des Bechers runtergelaufen und eine Pfütze aus saurer Spucke hatte sich auf dem Tisch angesammelt, die auch eine Ecke des Vertrages verfärbte, über den sie gerade sprachen. Der Anwalt hatte Casimir den befleckten Vertrag gereicht, damit er sich eine bestimmte Klausel anschauen konnte, und Casimir hatte die ganze Zeit, während er das feuchte Papier halten musste, dieses angespannte, erzwungene Lächeln auf dem Gesicht gehabt.

Als der andere Mann auf sie zukam, konnte Rox sehen, dass er Casimir wirklich unglaublich ähnlich sah – was bedeutete, dass er umwerfend attraktiv war, starke Wangenknochen sowie einen kantigen Kiefer hatte und jede Frau in seiner Nähe sich nach ihm umdrehen würde. Die einzigen Unterschiede zu Casimir waren sein blondes Haar und seine hellblauen Augen.

Die beiden sahen einander so ähnlich, wie es dank der besten plastischen Chirurgen der Welt möglich war.

Das Lächeln des anderen Mannes war breit und aufrichtig, während er mit ausgestreckter Hand auf sie beide zukam. „Casimir! Wann bist du angekommen? Ich wusste nicht einmal, dass du nach Hause kommen wolltest."

„Es war eine spontane Reise", sagte Casimir und schüttelte seine Hand. „Darf ich dir Roxanne Neil vorstellen, eine sehr gute Freundin von mir, mit der ich seit drei Jahren in der Anwaltskanzlei in Kalifornien zusammenarbeite. Rox, das ist mein Bruder Willem."

Rox schüttelte die Hand seines Bruders. Es war ein gewöhnlicher, fester Händedruck. Seine Handfläche war warm und trocken, und er lächelte sie strahlend an. „Es freut mich, Sie kennenzulernen, Ms. Neil."

„Nennen Sie mich Rox", erwiderte sie. „Es freut mich ebenfalls."

Es war, als hätte Casimir einen blonden Zwilling.

In ihrem Kopf formten sich unanständige Gedanken über Casimir und seinen Beinahe-Zwilling in ihrem Bett. Wenn es etwas auf der Welt gab, das noch verführerischer war als Casimir, dann waren es zwei Casimirs.

Willem wandte sich wieder seinem Bruder zu. „Guter Gott, was hast du diesmal mit deinem Gesicht angestellt?"

Casimir zuckte mit den Schultern, sein eng anliegender Anzug bewegte sich mit seinem Körper. „Ein Autounfall. Und ein kleines Feuer."

„Lass das unbedingt von einem Arzt anschauen. Sonst wird die Presse uns alle wieder belästigen." Er wandte sich Rox zu, mit einem warmen, amüsierten Lächeln im Gesicht. „Als er ein Kind war, haben uns die Reporter nicht in Ruhe gelassen. Wenn er mit uns draußen war, haben sie uns alle umschwärmt. Man konnte nicht einmal einen Schritt machen, ohne über einen von ihnen zu stolpern."

„Das muss schrecklich gewesen sein", sagte Rox und versuchte, ihre sich heben wollenden Augenbrauen unten zu behalten.

„Ich hatte vor, zu einem Arzt zu gehen", sagte Casimir.

„Besser früher als später, schätze ich. Ich kann nicht glauben, dass Ana einen Empfang für dich plant, während du so aussiehst. Du wirst natürlich einen Verband oder eine Art Maske tragen."

Oh, das ging jetzt aber zu weit.

Rox streckte den Rücken etwas mehr durch. „Mir gefällt es."

Beide Männer schauten auf sie runter, zwei große, gloriose Götter, die vom Himmel aus auf sie herunterstarrten.

„Ich finde, er sieht damit männlich aus", sagte sie. „Es ist nur ein kleiner Kratzer und er gibt seinem Gesicht Charakter. Er sieht damit anders aus als all die anderen Schönlinge. Oft ist es nicht leicht, die voneinander zu unterscheiden."

Der Hauch eines Lächelns hob Casimirs Mundwinkel an, aber Willem runzelte die Stirn. „Auf keinen Fall kann er es *so* lassen. Er muss es korrigieren lassen."

„Nö." Sie schaute direkt in Casimirs strahlend grüne Augen. „Ich finde, er sieht so *besser* aus. Ich finde es sexy."

Casimir erwiderte ihren Blick, das kleine, echte Lächeln umspielte immer noch seine Lippen.

Willems Stirnrunzeln vertiefte sich. „Er kann nicht *so* aussehen, wenn er das Königreich der Niederlande auf öffentlichen Veranstaltungen vertritt."

Rox grinste. „Sicher kann er das. Es bietet ihm interessanten Gesprächsstoff. Die Leute werden sich ihm näher fühlen. Ich würde an ihm nichts ändern wollen."

Casimirs Blick wurde sanfter. Seine Hand zuckte an seiner Seite, als hätte er nach ihrer greifen wollen, konnte es aber nicht tun.

„Ich finde es unansehnlich, Casimir", sagte Willem. „Es ist abstoßend. Wie willst du jemals jemanden von Bedeutung heiraten, wenn du so aussiehst? Was würden die Leute sagen, wenn – Gott bewahre – Ana und den Kindern etwas zustoßen sollte und *du* den Thron besteigen würdest? Es gäbe Aufstände auf den Straßen, wenn Prinz Monster König würde."

Rox holte bereits mit der Faust aus, um ihm in den Magen zu boxen, aber Casimir fing ihren Arm ab. „Du Arschloch!"

„Nicht doch, Rox", sagte Casimir. „Gewalt war noch nie eine Lösung." Er klang viel zu ruhig.

Willem betrachtete sie mit vor der Brust verschränkten Armen.

Sie schüttelte ihren Arm, versuchte ihn aus Casimirs Griff loszumachen. *„Ich werde diesem Ekelpaket ein blaues Auge verpassen."*

„Sie hat ein feuriges Temperament", meinte Casimir zu seinem Bruder. „Vielleicht sollten wir diese Diskussion ein anderes Mal fortführen."

„Oh, ich bin schon längst jenseits davon, nur ein wütendes Südstaatenmädchen zu sein, und kurz davor, *biblisch* zu werden!"

Casimir lachte. „Renn, Willem."

Willem rollte mit den Augen, sichtbar genervt von ihrem unzivilisierten Gemütsausbruch. „Wir sehen uns später, *Casimir*."

Das letzte Wort strotzte vor Verachtung für die Bürgerliche.

Die Bürgerliche würde ihm die Augen auskratzen. „Komm zurück und ich versohle dir deinen schnöseligen Hintern! Das hätte jemand schon viel früher tun sollen, um dir ein paar Manieren beizubringen!"

Willems letzter Blick zu Casimir sprach Bände der Missbilligung, bevor er das Zimmer verließ.

„Lass mich los und ich werde dafür sorgen, dass er nie wieder so unhöflich zu dir ist!"

Casimir zog sie in seine Arme und hielt sie fest, schmiegte seine Wange an ihr Haar. „Du kannst keinem Mitglied der Königsfamilie damit drohen, ihm den Hintern zu versohlen. Das Sicherheitspersonal wird da noch ein Wörtchen mitreden wollen."

„Du regst dich wirklich nicht darüber auf?"

„Nicht hier."

„Ich ... *wirklich?*"

„Niemals."

„Wenn wir im Büro wären und jemand so mit dir reden würde, hättest du richtig geschimpft und ihm den Hintern aufgerissen."

Er streichelte ihr über den Rücken. „Das musste ich gar nicht. Wie immer hast du die Situation für mich geregelt. Ich werde einfach nur noch meine Unterschrift darunter setzen."

„Du verhältst dich hier nicht wie du selbst. Ich kann es kaum erwarten, dich zurück in Amerika zu haben."

Er beugte sich tiefer nach unten, und Rox spürte wieder, wie er seine Wange an ihr Haar schmiegte. „Geht mir auch so."

Sie schlang ihre Arme um seinen Oberkörper und drückte ihn. „Ich *werde* ihm den Hintern versohlen. Was für ein Mistkerl."

Wie die Leute im Süden oft sagten: *Das Böse trägt ein schönes Gesicht.*

Kapitel Zweiundzwanzig

PRINZESSIN ANASTASIA DIE UNHEILVOLLE

Rox zupfte an ihrem Kleid. Das formelle, blassrosafarbene Abendkleid stand ihr ausgezeichnet. Casimirs Schwester hatte ihr sogar eine Strumpfhose und Schuhe besorgt, die wundersamerweise perfekt saßen. Eine Frau war gekommen, um sich um ihr Make-up und ihre Frisur zu kümmern. Das alles fühlte sich äußerst surreal an.

Es war, als wäre die Kronprinzessin der Niederlande ihre persönliche Märchenfee.

Casimir und Rox warteten draußen vor einer riesigen Doppeltür. Zwei Männer in königsblauer und orangefarbener traditioneller Dienstbotenkleidung standen sich jeweils auf einer der Seiten gegenüber und würden in ein paar Minuten für sie die Tür aufmachen.

Dahinter konnte Rox das Gemurmel vieler Menschen und ein Streichquartett spielen hören.

„Können wir Ana nicht einfach in deiner Wohnung treffen oder so was?", fragte sie.

Casimir schüttelte mit dem Kopf. „Wenn wir

länger hier bleiben würden, könnten wir wahrscheinlich ein informelles Treffen haben und dann später
eine formelle Begrüßung abhalten, aber ich hoffe,
dass wir innerhalb weniger Tage wieder aufbrechen
können. Vielleicht können wir noch irgendwann
meine Eltern treffen, aber ich glaube, du wirst Ana
lieber mögen."

Er trug eine vollständige Abendgarderobe –
einen schwarzen Smoking mit weißer Weste und
weißer Fliege –, was so viel formeller war, als sie ihn
jemals zuvor gesehen hatte. Natürlich trug Casimir
gut geschnittene Geschäftsanzüge zur Arbeit, und
für den jährlichen Galaabend der Anwaltskanzlei
zum Jahresende trug er einen schwarzen Smoking
mit schwarzer Krawatte, was alle Rechtsassisten-
tinnen und Verwaltungsmitarbeiterinnen dahin-
schmelzen ließ. Es war, als würde er dafür werben,
dass sie sich schon mal anstellen sollten, wenn sie im
nächsten Jahr ein Stück von dem Kuchen abbe-
kommen wollten.

Aber Casimir in einem Smoking mit weißer
Fliege, Frackschößen und einer orangeblauen
Schärpe mit Medaillen ließ sogar Rox' eiskaltes Herz
flattern. *Verdammt.*

Rox glitt mit ihren Fingern in seine Hand. „Dir
gefällt es hier wirklich nicht, oder?"

„Ich fühle mich anderswo wohler."

„Das tut mir leid. Ich wünschte, ich könnte dich
umarmen, aber ich bin mir sicher, dass dann der
Protokollwächter von vorhin zurückkommen würde,
um mich zurechtzuweisen. Ihm gefiel wirklich nicht
die Art, wie ich knickse, obwohl ich das beim Debü-
tantinnenball gelernt habe."

Er drückte ihre Hand. „Es sollte nur ein paar Minuten dauern."

Die Dienstboten stemmten ihre Füße in den Boden und lehnten sich zurück, um die große Doppeltür aufzuziehen.

Verschiedene Düfte strömten zu ihnen rüber: Rosen, Lilien und Sandelholz. Rox' Nase brannte, verwirrt von all den Gerüchen.

Rox folgte Casimir, der aus dem gigantischen, höhlenartigen Wartezimmer, wo sie bisher gestanden hatten, in den noch größeren, prachtvolleren Raum hinüberschritt, dessen Decke sich so hoch über ihnen befand, dass Rox die Augen verengen musste, um die feinen Fresken ganz oben zu erkennen, die sich zwischen den Gewölben und geschnitzten Zierleisten befanden. Jeder Quadratzentimeter der Raumwände war mit Gemälden geschmückt, selbst an den Deckengewölben und an den Seiten der Nischen konnte man welche entdecken.

Und die Decke! Die musste mindestens vier Stockwerke hoch sein. Vielleicht fünf. Möglicherweise *sechs*. Kronleuchter hingen an Drähten herunter und leuchteten silbern, es wirkte, als würden Kerzen über ihnen im Himmel schweben. Rox fühlte sich in dem hoch aufragenden Raum winzig klein und unbedeutend.

Hohe Decken.

Oh. Mein. Gott.

Das war es, was Arthur und Maxence gemeint hatten, als sie darüber gescherzt hatten, dass Casimir Orte mit *hohen Decken* kannte. Sie hatten nicht auf Sexclubs wie das Devilhouse angespielt.

Sie hatten gemeint, dass Casimir an einem *königlichen* Ort aufgewachsen war.

Rox kam sich unendlich dumm vor.

Die Menge teilte sich, bildete eine Art gelbe Backsteinstraße inmitten eines roten Mohnblumenfelds. Am Ende des Ganges stand eine Frau auf einem Podium vor einem sehr, sehr großen Stuhl, über dem eine Krone mit herunterfallenden Stoffvorhängen hing, ähnlich wie bei einem Himmelbett.

Die schlanke Frau wartete vor dem Thron, das Licht von den Kronleuchtern schien um sie herum. Sie trug ein formelles, hellblaues Kleid, das exakt bis zu ihren Zehen reichte.

Diamanten glitzerten in ihrem goldenen Haar.

Rox stockte der Atem, und sie wurde langsamer. Wenn Casimir ohne sie weitergegangen wäre, hätte sie kehrtgemacht und die Flucht ergriffen, aber er blieb stehen, als sie stehenblieb.

Er drehte sich um und streckte eine Hand nach ihr aus.

Okay, sie musste das hier mit ihm tun.

Die Familie kennenzulernen war immer nervenaufreibend.

Sie ergriff seine Hand und ging den Pfad zwischen den Menschen auf dem roten Teppich entlang, auf das Podium, den Thron und die Kronprinzessin zu. Nach einer Sekunde löste er seine Hand von ihrer und berührte ihren Rücken, eine beruhigende Geste, die zwar irgendwie weniger romantisch wirkte als Händchenhalten, dafür aber besitzergreifender war.

Es gefiel ihr, und ihre Schultern entspannten sich. Sie wünschte, sie könnte sich an ihn lehnen, aber die ganze Menge beobachtete sie. Schimmernde Augen folgten jedem ihrer Schritte in diesem langen, perlenverzierten Kleid, das bis zu ihren Zehen reichte.

Ein Mann, der einen schwarzen Anzug trug, – was eine Erleichterung war, nachdem alle anderen Männer in mittelalterlicher Tracht herumliefen, als wären sie auf einer Renaissance-Messe – hielt ein Blatt Papier in den Händen und verkündete ihre Namen.

Casimir neigte den Kopf, auch wenn der Protokolldruide, ähm, Protokoll*wächter*, Rox gesagt hatte, dass sie hier tief knicksen sollte und einen Aufstand darum gemacht hatte, dass ihr Knicksen nicht tief und unterwürfig genug war.

Rox tat ihr Bestes, beugte ihr Knie und versuchte nicht nach vorne zu fallen.

Die Kronprinzessin Anastasia, die geschätzt um die dreiunddreißig Jahre alt sein musste und in der Tat so wunderschön wie böse war, schritt die Stufen des Podiums hinunter und griff nach Rox' Schultern. „Sie können aufstehen", wisperte sie.

Rox erhob sich und schaffte es, in den hohen Schuhen und dem engen Rock – eine tödliche Kombination – nur ein wenig zu schwanken. Es war gut, dass sie jahrelang Kostümröcke zur Arbeit getragen hatte und an Gleichgewichtsherausforderungen gewohnt war.

Anastasia behielt ihre Hände auf Rox' Schultern und lehnte sich zu ihr, *umarmte* sie.

Die Menge klatschte.

Rox machte einen Schritt zurück und wäre beinahe gestolpert, als ihr Schuhabsatz sich am Saum ihres Rockes verfing.

„Es freut mich, Sie kennenzulernen, Ms. Neil", sagte Kronprinzessin Anastasia.

„Mich ebenfalls, Ma'am. Bitte nennen Sie mich Rox."

„Exzellent. Dann lass uns doch du sagen. Nenn mich bitte Ana." Sie wandte sich Casimir zu und schüttelte herzlich seine Hand. „Hast du sie vor uns gewarnt?", fragte Ana ihn.

„Oh, gewiss." Casimir hielt kurz inne. „Vor dem meisten jedenfalls."

„Und du hast ihr gesagt, dass ich unheilvoll sowie böse bin und sie köpfen lassen werde, wenn sie mich beleidigen sollte?"

Ein kleines Lächeln erreichte seine strahlend grünen Augen. „Absolut. Diesen Teil habe ich ihr zuerst erzählt."

„Oh, gut. Ich hasse es, die überraschten Gesichter der Leute zu sehen, wenn ich ihre Köpfung anordne. Das ist die reinste Zumutung."

Mein Gott. Sie hatte denselben trockenen Humor wie Casimir.

Rox lächelte.

Sie würden sich zweifellos gut verstehen.

Kapitel Dreiundzwanzig

DER ORANJESAAL

*D*er Empfang dauerte bis weit nach Mitternacht, Rox aß und tanzte und sprach mit dutzenden neuen Leuten. Sie wusste nicht, wie sie sich all diese Namen merken sollte.

Als Casimir bemerkte, dass sie die Namen ihrer neuen Bekanntschaften mindestens dreimal im Gespräch wiederholte, wisperte er ihr zu, dass sie sich keine Sorgen zu machen brauchte. Wenn sie in Zukunft ein wichtiges Treffen mit einer dieser Personen haben sollten, würde dafür zuständiges Personal sie darauf vorbereiten. Sie sollte sich entspannen und den Abend genießen.

Also tat sie das.

Sie ertappte ihn im Laufe des Abends einige Male dabei, wie er sie anlächelte, und mehrmals, während sie tanzten.

Alle schienen sich gut mit Casimir zu verstehen, sprachen und lachten mit ihm. In der Tat wirkten sie etwas zu zuvorkommend, etwas zu freundlich und bereit, ihn anderen Leuten vorzustellen oder seine Meinung zu etwas einzuholen.

Sie waren alle einen Hauch zu laut und fröhlich.

Casimir erwiderte die Höflichkeiten, hatte dieses elegante Lächeln aufgesetzt, bei dem seine grünen Augen eher freundlich wirkten als strahlten, hörte sich an, was sie zu sagen hatten, schüttelte Hände oder neigte den Kopf, wenn jemand knickste, aber er wirkte etwas reservierter als er es in Kalifornien gewesen war, etwas zurückhaltender.

Etwas wachsamer.

Wenn Rox zurückschaute, nachdem Casimir und sie sich von ihren Gesprächspartnern abgewandt hatten, nahm sie aus den Augenwinkeln wahr, wie viele von ihnen auf den Boden blickten. Etwas wie Scham oder Reue flackerte über ihre Gesichter, bevor sie sich wegdrehten, um die nächste Person zu begrüßen.

Rox beobachtete sie aufmerksamer, ihre Instinkte waren geschärft durch ihre jahrelange Erfahrung mit rechtlichen Spielchen und Manipulationsversuchen von skrupellosen Anwälten.

Ja, vielleicht mochten diese Leute Casimir und wollten, dass er sie ebenfalls mochte, aber unterschwellig stand noch etwas aus der Vergangenheit oder irgendein anderes Problem zwischen ihnen.

Kein Wunder, dass Casimir nicht gerne hier war. In Kalifornien konnte er er selbst sein, offen, ehrlich und fröhlich, war jedermanns Freund.

Hier wurde er von Prinz Monsters Schatten verfolgt.

Sie sah Willem ein Stück von ihnen entfernt seine Runden machen und beobachtete ihn.

Die meisten Gäste begrüßten ihn freudig, unterhielten sich angeregt mit ihm und gingen lächelnd weiter, ohne zu ahnen, was für ein Mensch er wirklich war. Einige Leute wirkten froh, ihn zu sehen, schüttelten heftig seine Hand und grüßten ihn lebhaft, aber sobald er sich abwandte, atmeten sie erleichtert auf oder wischten sich ihre Handflächen an den Oberschenkeln ab. Eine Frau erschauderte sogar so sehr, dass die silbernen Perlenfransen ihres Kleides mitwackelten. Andere verhielten sich lediglich reserviert, höflich, ergriffen aber die Flucht, sobald die Etikette es erlaubte.

Manchmal, wenn Willem glaubte, dass niemand zusah, ließ er seinen eisigen Blick über die Menge schweifen oder richtete ihn auf eine bestimmte Person, und Rox umklammerte ihren Drink fester. Er erinnerte sie an eine kaltblütige Eidechse, die durch die Menge immer weiter auf sie zukroch.

„Lass uns tanzen", sagte Rox zu Casimir. Sie gingen auf die Tanzfläche, um zur Musik des kleinen Orchesters, das sich nach dem Abendessen hinten im Raum aufgebaut hatte, Walzer zu tanzen. Seine starken Arme legten sich um sie, und sie schmolz beinahe vor Erleichterung dahin.

Während sie tanzten, sagte Casimir: „Du passt hier sehr gut her."

„Oh nein, tue ich nicht", protestierte sie und folgte seiner Führung. „Ich habe mich den ganzen Abend über nur darauf konzentriert, nicht mit meinen hohen Schuhen umzuknicken oder mir mit den Absätzen auf den Saum zu treten. Dieses Kleid ist aus so feiner Seide, dass es einfach zerreißen und der ganzen Welt meine Formstrumpfhose zeigen würde. Und es sind so viele Leute hier." *Eins*-zwei-drei, *eins*-zwei-drei, zählte sie im Kopf mit, während sie sprach. „Und sie alle haben Titel, und Schärpen wie die von Schönheitswettbewerben, und Diademe, und die Männer tragen Männerschmuck, wie du hier." Sie berührte das weiße Kreuz-Medaillending, das an einem Band um seinen Hals hing. Ein Löwe bäumte sich in der Mitte auf seinen Hinterbeinen auf und hatte die Krallen ausgefahren, wie auf dem Tattoo an seinem rechten Unterarm. „Und sie betreiben höfliche Konversation. Und alle kennen einander. Ich habe den ganzen Abend über an dir gehangen wie ein Klammeräffchen."

Er lachte, als sie mit ihrer Beschwerde schließlich zum Ende kam.

Und jetzt kam sie sich wie eine zickige Nörglerin vor, weil sie über einen königlichen Empfang gemeckert hatte, den seine nette Schwester innerhalb weniger Stunden extra für sie auf die Beine gestellt hatte.

Sie pflasterte sich ein schwaches Lächeln aufs Gesicht. „Aber der Empfang ist toll!"

Er lachte noch mehr. „Freut mich, dass er dir gefällt."

„Was ist das alles?", fragte sie und stupste die Brosche auf der linken Seite seiner Brust an. Der achtzackige, silberne Strahlenkranz umfasste einen goldemaillierten Löwen, und in goldenen Buchstaben stand der Schriftzug „Je maintiendrai" über dem Tier. Seine Schönheitswettbewerbsschärpe war orangegold mit blauen Streifen an den Rändern.

„Nur etwas, das wir tragen."

„Quatsch. Es bedeutet etwas."

„Tut es nicht wirklich. Es ist ein Hausorden, genannt der Orden vom Goldlöwen des Hauses Nassau. Er wurde mir zu meiner Geburt verliehen, also bedeutet er nichts. Es ist keine Medaille, die ich mir für eine mutige Tat oder irgendeine Leistung verdient habe. Er wurde mir lediglich übereicht, weil ich in ein bestimmtes Elternhaus geboren wurde."

Der Orden, der unter seiner weißen Fliege baumelte, trug denselben Löwen vor demselben blauen Kreis, aber das Kreuz war eins dieser achtzackigen, germanisch aussehenden Designs, ein Malteserkreuz. „Er mag dir nutzlos und unbedeutend vorkommen, weil du nichts getan hast, um ihn zu verdienen, aber er ist hübsch."

„Ich glaube, das fasst auch meine Meinung zur Monarchie ganz gut zusammen."

Alles klar. Sie tanzte mit ihm zur Walzermusik, während andere Paare um sie herumwirbelten.

Er umfasste ihre Hand fester. „Du tanzt einen wunderschönen Walzer. Warum haben wir das nicht schon viel früher getan?"

„Weil wir aus geschäftlichen Gründen verreist sind. Man geht nicht *tanzen*, wenn man zusammen für die Arbeit unterwegs ist."

„Wir gehen auf unseren Reisen ständig tanzen."

„Nur wenn die andere Seite darauf besteht, dass wir mitkommen. Und wir tanzen nie *Walzer*."

„Das hätte ich, wenn ich geglaubt hätte, dass du mir keine Ohrfeige verpassen und nicht sagen würdest, *dass ich meine dreckigen Pfoten bei mir behalten soll.*"

Sein chaotischer Mix aus britischem und Südstaatenakzent brachte sie zum Lachen. „Da ist was dran."

„Ich wusste nicht einmal, dass du Walzer tanzen kannst", sagte er.

„Wieder dank des Debütantenballs. Ich war eins

dieser spießigen kleinen Südstaatenmädchen, die seit ihrem siebten Lebensjahr von ihrem Debüt träumen, wo sie der Gesellschaft vorgestellt würden, während sie ein weißes Ballkleid mit Reifrock wie Scarlett O-Hara und weiße Opernhandschuhe tragen. In dieser einen kurzen, strahlenden Nacht zeigen wir stolz, dass wir anständige, dekorative Ehefrauen aus der Oberschicht sein können, ohne irgendeinen Gedanken im Kopf, dass wir Walzer, Foxtrott und viele andere nutzlose Tänze beherrschen und die Garnelengabel von fünf anderen dämlichen Gabeln unterscheiden können. Und dann, am nächsten Morgen, gehen wir zurück zur Highschool und machen mit unserem Leben weiter, als wäre nie etwas passiert. Weil nichts passiert ist. Es war nur viel Lärm um nichts.“

Casimir lächelte immer noch zu ihr runter. „Ich mag, was du im Kopf hast.“

Sie grinste ihn neckisch an. „Ich mag auch, was du im Kopf hast. Und in der Hose.“

Seine Augen leuchteten auf, und seine Hand an ihrer Taille zog sie noch etwas enger an ihn.

Kapitel Vierundzwanzig

DER GARTEN BEI MONDLICHT

*E*in paar Stunden später, lange nachdem Rox' Handyakku gegen ein Uhr nachts den Geist aufgegeben hatte und die meisten Gäste fort waren, führte Casimir sie nach draußen in den Garten, der den königlichen Palast umgab, da er ihr dort etwas zeigen wollte.

Im Garten eines königlichen Palastes.

Dem Palast, in dem Casimir aufgewachsen war.

Das Leben war schon seltsam.

Zunächst gingen sie Arm in Arm, dann glitt er mit seinem Arm um ihre Taille. Sie schlang ihren Arm auch um seine Mitte, fühlte seinen Gürtel und seinen straffen Bauch unter ihren Fingern.

Rox stolperte auf dem dämmrigen Pfad, lachte und kicherte. Sie war etwas angetrunken. Die Kellner hatten ihr leeres Champagnerglas immer wieder mit einem vollen ausgetauscht, bevor sie auch nur die Chance gehabt hatte, ihnen zu sagen, dass sie genug hatte.

Dann hatte eine der Kellnerinnen entdeckt, dass

Rox eine Vorliebe für härtere Drinks hatte, und es sich anscheinend zur Aufgabe gemacht, Rox so viele verschiedene niederländische Spirituosen wie möglich vorzustellen oder sie in aller Öffentlichkeit betrunken zu machen. Sie war sich nicht sicher, was davon es war.

Solarlampen erhellten die Seiten des Weges unter ihren Füßen und die blassen Blumen daneben, aber die Äste an den großen Bäumen blieben in Dunkelheit gehüllt.

„Es liegt mal wieder am ausländischen Schnaps", sagte sie zu Casimir „Ich kann nicht einschätzen, wie stark ein Drink mit diesem Zeug ist. Mit einem guten alten Whiskey Cola wäre mir das nie passiert."

Er lachte auch, wirkte locker und entspannt. „Ich kann mich nicht mehr erinnern, wann ich das letzte Mal so viel Spaß auf einer offiziellen Veranstaltung hatte."

Er hielt sie so eng an sich gepresst, dass sie es spüren konnte, als sein Handy in seiner Hosentasche vibrierte, eine sichtbare Erschütterung lief durch die schweren Perlen auf ihrem Kleid. „Das liegt daran, dass du mit all diesen alten Käuzen abhängst. Du musst dich einfach lockermachen und auf der Tanzfläche so richtig die Sau rauslassen."

Er lachte so heftig, dass er beinahe stolperte, aber er behielt seinen Arm an ihrer Taille und hob sie jedes Mal an, wenn ihre Absätze schwerfällig über die rauen Steine auf dem Weg schleiften.

Weil sich ihr Kopf drehte.

Er führte sie über Wege mit und ohne Hecken an den Seiten, an weiten, dunklen Grasflächen mit plätschernden Springbrunnen vorbei und unter Bäumen hindurch.

Sein Handy vibrierte erneut in seiner Tasche, kitzelte sie.

Sie trat zur Seite, aber er zog sie zurück unter seinen Arm. „Komm schon, ich will dir das hier zeigen."

Am Ende des Weges, nach ein paar weiteren Minuten, die von Casimirs spürbar vibrierendem Handy untermalt wurden, erhob sich ein kleiner Pavillon zwischen den Bäumen, dessen weißes Holzgitter mit Efeu und Herbstblumen überwachsen war.

Casimir holte sein Handy hervor und schaltete die Taschenlampenfunktion ein. Ein Lichtstrahl drang aus dem Gerät, welches er auf der kleinen Sitzbank im Pavillon ablegte, sodass die Blumen am Torbogen über ihnen erhellt wurden.

„Das ist wunderschön", sagte Rox und wanderte im Inneren der kleinen Konstruktion herum. Sie strich mit den Fingerspitzen über die Blumen und Blätter, die dort, wo sie sie berührt hatte, leicht wippten.

Als sie sich umdrehte, beobachtete er sie mit den Händen in den Hosentaschen.

Auf der Bank vibrierte sein Handy erneut, ratterte auf dem Holz und erschütterte das Licht, das die Blätter und Kletterranken erhellte.

„Als Kind war das hier mein Rückzugsort", gestand er ihr. „Da der Pavilloneingang an den versteckten Pfad grenzt, konnten die Fotografen mich nicht durch die Bäume hindurch fotografieren, auch wenn sie sich mit Teleobjektiven im Wald versteckten. Sechs Monate lang bin ich jeden Tag für mindestens ein paar Stunden hergekommen, bis eines der Kindermädchen kam, um mich zu holen. Man sollte meinen, dass das Personal als Erstes hier gesucht hätte, wenn ich wieder einmal verschollen war, aber ich glaube, dass sie mir etwas Zeit für mich geben wollten. Dieser Pavillon war der einzige Ort, wo ich den Reportern entkommen konnte. Im Palast war es natürlich auch sicher, aber kein Kind will den ganzen Tag lang drinnen bleiben."

Die Wände des Pavillons schienen näher zusammenzurücken und die Decke tiefer runterzukommen, während Casimir sein Kindheitsversteck beschrieb. Rox ging zu ihm rüber und berührte seinen Arm.

Das Handy vibrierte wieder auf der Bank.

Casimir hakte ihre Hand an seinem Arm ein und führte sie zu der Bank. „Setz dich für einen Moment."

„*Danke.*" Sie hatte wunde Stellen an den Füßen, wo die neuen Schuhe gedrückt hatten. Eine Blase formte sich an ihrer Ferse. Sie spürte dort einen leichten Schmerz, aber sie hatte auch nicht aufhören wollen zu tanzen. Sie streifte sich die Schuhe mit den Zehen ab, und ihre Füße wuchsen gefühlt um zwei Größen, sobald die hochhackigen Pumps auf den Pflasterboden runterfielen. Oh, ihre *Zehen*, ihre armen, kaputten, blasenüberzogenen *Zehen*.

Casimir sank vor ihr auf ein Knie und nahm ihre Hände in seine.

Oh, richtig. Es stand noch eine ungeklärte Frage zwischen ihnen, da sie das letzte Mal so dreist von einer Brandbombe unterbrochen worden waren.

„Roxanne Dolly Neil …", fing er an.

„*Ja*", sagte Rox.

Er runzelte die Stirn. „Wie bitte?"

„*Ja*", sagte sie erneut. Was, war das etwa die falsche Antwort in dieser Situation?

Schatten legten sich in dem dämmrigen Licht über seine gerunzelte Stirn. „Du hast nicht einmal gehört, was ich fragen wollte."

„Es gibt nur drei Anlässe im Leben einer Frau, wo sie mit ihrem vollen Namen angesprochen wird: wenn ihre Mutter zu einer deftigen Standpauke ansetzt, wenn sie einen Haftbefehl ausgestellt bekommt oder wenn ihr jemand einen Antrag macht. Also *ja.*"

„Vielleicht wollte ich dich auch nur fragen, ob du einen Taco von einem der Imbisswagen im Kneipenviertel essen willst, die auch nachts geöffnet haben", wandte er ein. Seine grünen Augen funkelten belustigt in dem Handylicht.

Das Handy vibrierte hinter ihr, erschütterte die Bank unter ihren Beinen.

„Du wolltest mich nicht fragen, ob ich Lust auf einen Taco habe, und das weißt du auch", meinte sie.

„Vielleicht wollte ich dir einen Haftbefehl ausstellen, weil du das Leben eines Mitglieds der königlichen Familie bedroht hast."

Sie dachte darüber nach und runzelte die Stirn. „In letzter Zeit habe ich nicht damit gedroht, dich umzubringen."

„Ich meinte Willem."

Sie deutete hinter sich auf den Palast, wo der Empfang noch immer im Gange war. „Ich habe gesehen, wie die Leute dort drinnen ihn angeschaut haben. Kein Gericht der Welt würde mich verurteilen. Jetzt hör auf, dich über mich lustig zu machen."

„Gut, ich höre auf. Ja, heirate mich, *lieveke.* Sei für immer meine Rechtsassistentin, ohne die ich nicht klarkomme, und meine Ehefrau."

„Es wird in deinem Gelübde stehen, dass es dir nicht erlaubt ist, dich über mich lustig zu machen."

„Dann wird in deinem stehen, dass du mir gehorchen wirst."

„Wie war das, du mieser …"

„Das war nur ein Witz! Ich wollte nur Spaß machen. Ich kann dich ja schon auf der Arbeit kaum dazu bringen, mir einen Kaffee zu kochen."

„Ich bin eine lizenzierte Rechtsassistentin, keine dahergelaufene Sekretärin. Das *einzige* Mal, als ich dir einen Kaffee gemacht habe, war, als du mit achtunddreißig Grad Fieber und Schüttelfrost ins Büro gekommen bist, weil wir an diesem Morgen Pitt-Jolies Leute treffen sollten."

Er schaute sie aus den Augenwinkeln an, seine Mundwinkel senkten sich nach unten. „Du hast noch nicht wirklich Ja gesagt. Die Steine beginnen, an meinen Knien zu drücken."

„Was? Ich habe Ja gesagt. Mindestens zweimal. Warum bist du noch da unten?"

„Aber das war, bevor ich zu Ende …"

„Steh auf! Steh auf!"

„… gesprochen habe."

Sie zerrte an seinen Schultern. „Komm schon. *Ja*. Ich habe Ja gesagt. *Jetzt steh auf!*"

Er griff in seine Hosentasche und zog etwas heraus, das im schwachen Licht seines Handys, das wieder einmal vibrierte, aufleuchtete.

Weiße Diamanten umgaben einen dunkelgrünen rechteckigen Stein, der auf dem goldenen Ring saß, den Casimir zwischen den Fingerspitzen hielt.

„Oh Gott", sagte sie und hielt ihm ihr linke Hand hin.

Er schob ihr den Ring auf den Finger. Er saß

etwas locker, wenn überhaupt. „Wenn er dir nicht gefällt, können wir einen anderen aus der Kollektion hier auswählen, oder für ein paar Tage nach Paris gehen und einen anfertigen lassen."

Sie schaute von dem Smaragdstein zu Casimirs dunkelgrünen, funkelnden Augen hoch. „Er gefällt mir."

Er setzte sich neben sie auf die Bank und zog sie in seine Arme, seine Lippen fanden ihre im dämmrigen Licht des Handys. Sie schmolz an seinem harten Körper dahin und schlang ihre Arme um seine Taille. Seine Hand packte ihre Kurven, hielt sie fest.

Seine Stimme senkte sich zu einem Flüstern. „Hattest du schon einmal Sex in einem königlichen Palast?"

„Nein. Du?"

„Wahrscheinlich sollte ich diese Frage nicht beantworten. Du hältst mich so schon für einen schlimmen Casanova."

„Du hast recht. Ich will es nicht wissen ... Hast du es jemals in diesem Pavillon getan?"

Sie spürte den Lufthauch, als er einatmete, und er schaute zur Seite, als würde er damit rechnen, dass hier gleich Reporter oder seine Schwester auftauchen würden. „Nein."

„Ooh. Es ist, als wärst du eine Jungfrau. Das ist heiß." Sie glitt mit ihrer Hand an seinem Rücken hinunter und griff nach seinem Hintern. „Es ist, als würde ich mich an dem heißen, jungen Prinzen vergreifen."

„Ich bin zwei Jahre älter als du."

„Schhh, mein süßer, junger Prinz. Lass dir von dieser sündhaften Frau eine neue Welt zeigen."

„Und du hast es schon mal im Garten eines königlichen Palastes getan?", fragte er. Seine Lippen strichen über diese weiche Stelle unterhalb ihres Kiefers.

„Hey, du bist der unschuldig Errötende hier. Es ist ganz egal, was ich getan oder nicht getan habe."

„Das werte ich mal als Nein."

„Wie gesagt, du bist das süße, junge Ding hier, und ich werde dich in diesem Garten haben, hier draußen, wo jederzeit jemand vorbeikommen oder uns durch die Blätter hindurch sehen könnte."

Unter ihren Händen spürte sie, wie er erschauerte, und er kratzte mit den Zähnen über ihren Hals, zog den dünnen Träger ihres Kleides zur Seite, um ihre Schulter liebkosen zu können. Sein warmer Atem strich über ihre Haut.

Rox schob ihr Kleid bis zu den Oberschenkeln hoch und setzte sich rittlings auf die Bank, drehte Casimir so, dass er dasselbe tat. In dem laserähnlichen Lichtstrahl des Handys erschienen die Schatten in seinem Gesicht wie ein Mosaik aus Dunkelheit und blasser Haut, und sie konnte die Narbe auf seiner Wange sowie seine strahlend grünen Augen sehen.

Sie stellte sich auf ein Bein und stützte sich mit dem anderen Knie auf der Bank ab, sodass sie größer war als er, der vor ihr saß. Sie küsste ihn, strich mit den Händen über sein Gesicht und fühlte die samtige Glattheit seines Kiefers.

Wo er unter ihren Lippen so zu ihr aufschaute, fühlte es sich beinahe so an, als wäre er der Unerfahrene, nur dass ein unerfahrener Mann niemals so küssen könnte. Seine Lippen liebkosten und saugten an ihren, und seine Arme umfingen ihre Taille, berührten ihre Seiten und Rippen. Seine Hände waren so groß, dass seine Finger sich beinahe über ihrer Wirbelsäule berührten, auch wenn Rox' Taille so üppig wie der Rest von ihr war.

Ihre Finger wanderten tiefer, während sie ihn küsste. Sie hielt seine Schulter mit einer Hand, ließ ihre andere aber auf seiner linken Wange. Ihr Daumen streifte die Narbe dort, und Casimir atmete scharf ein.

„Habe ich dir wehgetan?", fragte sie.

„Nein."

Es musste ihn überrascht haben, als sie die Narbe berührt hatte.

Sie fuhr mit dem Daumen erneut über den tieferen Teil der Narbe, hielt sich von der Stelle fern, wo das Feuer ihn verbrannt hatte.

Diesmal spürte sie definitiv, wie er sich unter ihr verspannte.

„Nicht", sagte er.

„Ich werde jeden Teil von dir berühren. Deinen Mund." Sie küsste ihn leidenschaftlich, teilte seine Lippen und rieb mit ihrer Zunge über seine. „Deinen Körper." Sie strich mit ihren Händen an seiner Brust und seinen Rippen hinab, spürte die harten Muskeln und Sehnen durch seine Kleidung hindurch. „Und jeden Zentimeter deiner Haut."

Sie küsste sich zu seinem Kiefer rüber und zog seinen Kragen auf, um an seinem Hals zu knabbern.

Casimir streckte sich unter ihrem Mund und ihren Händen, und Adrenalin rauschte durch sie hindurch, als seine Finger ihre Hüften fester packten. Sie schob seine schwarze Smokingjacke von seinen breiten Schultern und an seinen Armen herunter. Sie fiel hinter ihm auf die Bank, die langen Rockschöße hingen herab und verloren sich in der Dunkelheit zu ihren Füßen.

Rox wanderte mit den Lippen an seinem Kiefer hoch und fand die Stelle, wo die Haut auf seiner Wange knorrig wurde. Darauf achtend, nicht in die Nähe der Verbrennungen zu kommen, strich sie mit den Lippen über das verheilte Narbengewebe.

Casimir war immer noch verspannt in ihren Armen, aber Rox wusste, wie sie ihn ablenken konnte. Ihre Finger stießen auf seinen Gürtel, und sie schnallte ihn auf.

Er lehnte sich zurück, stützte sich mit den Händen hinter sich auf der Bank ab und schaute auf ihre Hände runter.

Ja, jetzt hatte sie seine volle Aufmerksamkeit.

Sie machte seine Hose auf und zog sein Hemd heraus, sodass sie mit der Hand hineinreichen konnte. Unter ihren Fingern konnte sie durch seine Boxershorts hindurch spüren, dass er bereits hart war. Seine Erektion hob sich seinem Bauch entgegen.

Er stöhnte, als sie ihn berührte.

Casimir stieß sich von der Bank ab und packte sie an der Taille, seine Hände glitten hoch zu ihren Brüsten. Er küsste sie über dem Stoff, und für einen Moment machte sie sich Sorgen, dass sein Mund die Seide beflecken könnte, aber dann strich er mit seinen Daumen über das dünne Material, küsste ihren Hals und die Stelle, wo ihre Oberweite aus dem Ausschnitt hervorquoll, liebkoste sie, bis sie schwer keuchte und ihre Nippel hart wurden.

Seine Hände wanderten über ihren Körper, und er zog sie an den Hüften zu sich runter, um wieder ihren Mund zu küssen.

Rox reckte sich und bedeckte seinen Mund mit ihrem, küsste ihn, während er ihre Hüften drückte, und ihren Hintern, und ihre Oberschenkel, mit seinen Händen unter die dünne Seide ihres Kleides fuhr. Seine Hände glitten höher, fanden den Bund ihrer Strumpfhose und zogen diese an ihren Beinen runter.

Rox stellte sich neben die Bank und half ihm dabei, die Strumpfhose über ihre Fußgelenke zu zerren. Seine Finger waren bereits wieder unter ihrem Kleid, in der Nähe ihrer Taille, und er packte ihren Slip, um ihn auch zu ihren Füßen runterfallen zu lassen.

Sobald sie völlig entblößt war, griff er nach ihr, grub seine Finger zunächst in ihre weichen Hüften und glitt dann mit der Hand herum und unter sie. Seine Finger liebkosten ihre Falten, jede massierende Bewegung schickte ein köstliches Prickeln durch ihren ganzen Körper.

Rox' Rücken wölbte sich und ihr Kopf fiel zurück, als er sie zuerst äußerlich rieb, dann tiefer zwischen ihren Schamlippen, bevor er schließlich in sie eindrang.

„Gott, du bist so feucht", wisperte er. „Du bist immer so feucht für mich."

Das war sie die letzten drei Jahre gewesen.

Er rieb sie heftiger, gröber, glitt in sie rein und raus.

Jedes Gleiten seiner Finger ließ den Druck in ihr weiter ansteigen, und ihre Fingernägel vergruben sich über seinen Schultern in seinem Hemd.

„Komm für mich", raunte er. „Komm jetzt."

Noch nicht.

Rox drückte gegen seine Schultern, und Casimir

kippte nach hinten auf die Bank. Sie zog und zerrte an seinen Klamotten, legte seinen Ständer frei.

„Hast du ein Kondom?", fragte sie mit heiserer Stimme.

„Nein." Er bekam kaum die Zähne auseinander, als er sprach.

„Ist das für dich okay?"

„Oh ja."

Sie kletterte über ihn, und Casimir griff zwischen sie, um seinen Schwanz so zu positionieren, dass er gegen ihre Körpermitte presste. Das Licht vom Handy schien hinter ihr, und ihr eigener Schatten lag über Casimirs weißem Smokinghemd und der Schärpe, die immer noch über seine rechte Schulter hing. Das blasse Licht berührte sein Gesicht, schien es von unterhalb seines Kinns an. Vereinzelte Schatten vertieften die Narbe an seiner linken Wange, und Lichtschimmer hoben seine Wangenknochen hervor.

Sie senkte sich auf ihn, schlang ihren Körper um ihn, während sie ihn in sich aufnahm.

Seine Lippen teilten sich und seine strahlend grünen Augen wurden glasig.

Rox hatte jetzt alles von ihm, hatte alles von ihm in sich, und sie bewegte sich über ihm, ließ ihr Becken kreisen.

Casimir biss sich auf die Unterlippe und seine Finger umklammerten ihre Oberschenkel. Einen Moment lang sah es so aus, als würde er die Kontrolle verlieren, aber dann atmete er tief ein und erhob sich auf der Bank zu einer halb sitzenden Position.

Rox richtete sie auch auf, ihre Füße standen links und rechts neben der Bank auf dem Boden. Sie erhob sich und senkte sich wieder auf ihn runter. Er beobachtete eine Weile die Stelle, wo ihre Körper miteinander verbunden waren, und sie spürte, wie die Luft seinen Körper verließ, als hätte ihn jemand geschlagen. Sie schwang ihre Hüften, während sie ihn in sich aufnahm, fast schon so, als würde sie über ihm tanzen.

Als er sein Gesicht zu ihr hob, war der Blick seiner Augen verschleiert. Rox beugte sich nach unten und küsste ihn, wobei sie ihren Körper weiter bewegte.

Er schlang seine Arme um ihre Taille und zog sie auf sich runter, seine Wange presste sich an ihre Schulter, als er in sie hochstieß.

Seine heftige Reaktion überrumpelte sie, aber mit seinen tiefen Stößen rieb er auf eine köstliche Weise ihr Innerstes sowie ihre Klitoris von außen. Sie griff nach seinen Schultern, lehnte ihre Wange an seine und hielt sich an ihm fest, während er in ihr versank. Ihr Körper zog sich zusammen, und ihre Atmung beschleunigte sich. Zwischen ihren Oberschenkeln fühlte sein Körper sich an wie fleischgewordener Stahl, und sie umklammerte ihn verzweifelt, da jedes Hochstoßen von ihm sie weiter auf den Abgrund zukatapultierte.

Der Druck verdichtete sich immer fester um sie herum, und sie keuchte schwer zwischen zusammengebissenen Zähnen. Casimir ließ sie zurücklehnen und stieß härter ihn sie, füllte sie so unglaublich tief aus und rieb sich an ihr, dass die Anspannung in ihr zerriss, durch ihre Adern und Muskeln rauschte, bis zu ihrem Kopf. Die Welt wurde weiß, und still, und feurig.

Sie schwebte durch die ohrenbetäubende Stille.

Seine Arme.

Sie war in seinen Armen, umklammerte seinen Hals, während sie beide nach Luft rangen. Seine Stirn ruhte an ihrer Schulter, sein Atem strich warm über ihre Haut und wanderte an ihr hinunter, trocknete den Schweiß auf ihren Brüsten.

Er drückte seine Lippen auf ihre Schulter. „*Lieveke*, heirate mich."

„Ja", sagte sie. „Das will ich. Ja, Casimir."

Seine Arme umfassten sie enger. „Jedes Mal, wenn ich glaube, dass es unmöglich ist, dich noch mehr zu lieben, verschlägst du mir den Atem."

Sie streichelte das kurze Haar an seinem Nacken. „Ich liebe dich auch."

„Ich liebe dich." Er küsste ihre Schulter. „*Mijn lieveke, ik hou van jou.*"

Dafür brauchte Rox keine Übersetzung. Sie schlang sich nur noch mehr um ihn.

Schließlich entwirrten sie ihre Körper vorsichtig voneinander, wobei sie beide immer noch das Gesicht und die Hände des anderen berührten, und richteten ihre Kleidung so, dass sie nicht völlig skandalös aussahen.

Ihre Strumpfhose lag immer noch in einem wirren Haufen auf den Steinen. Es fühlte sich gut an, sie los zu sein, also machte Rox sich nicht die Mühe, sie wieder anzuziehen.

Sie saßen Seite an Seite auf der Bank. Casimir hatte einen Arm um sie gelegt, und Rox kuschelte sich an ihn. Gemeinsam sahen sie den vom Handylicht erhellten Blättern dabei zu, wie sie sich in der Brise wiegten.

„Ich kann nicht glauben, dass wir schon wieder kein Kondom benutzt haben." Rox war etwas entsetzt. „Das wird nicht wieder vorkommen. Ich werde die Pille nehmen oder so was. Wir können nicht weiter so Roulette spielen."

Er gab ihr einen Kuss auf den Scheitel. „Nicht."

„Was nicht?", fragte sie, immer noch die Blätter betrachtend.

„Du willst ein erstes Mal von mir? Vor dir hatte ich nie Sex ohne Kondom. Ich wollte nie eine Frau schwängern. Bin nie Vater geworden. Ich habe es nie versucht, habe es nie gewollt." Sie schaute zu ihm auf, und in der Nacht wirkte der Ausdruck in seinen grünen Augen weicher. Er lächelte und biss sich auf die Unterlippe. „Du bist meine Erste."

Ein Kloß bildete sich in ihrer Kehle. „Du bist auch mein Erster."

Er rückte seine Arme um sie zurecht und legte den Kopf zurück. „Ich frage mich, wie er aussehen würde."

„Sie", verbesserte sie ihn. „Unser erstes Kind wäre eine Sie."

„Unser erstes, hm? Von wie vielen?"

„Von ein paar, denke ich. Ich bin Einzelkind. Das ist nicht so toll, wie alle behaupten."

„Ich bin kein Einzelkind. Diese Erfahrung kann ich auch nicht hundertprozentig weiterempfehlen."

„Deine Schwester wirkt nett."

„Kronprinzessin Ana die Unheilvolle würde dich vierteilen, wenn sie das hörte."

„Das Risiko gehe ich ein."

„Ana ist lieb, aber erzähl ihr nicht, dass ich das gesagt habe."

„Wie nennt sie dich?"

„Casimir."

„Du meinst, sie hat keinen Spitznamen für dich, ähnlich wie Ana die Unheilvolle?"

Er seufzte. „Casimir der Berüchtigte."

„Das gefällt mir um einiges besser als Prinz Monster."

Er versteifte sich neben ihr. „Wo hast du das gehört?"

Ups. Mist. „Ich habe Maxence ein paar Sachen gefragt."

„Warum hast du mich nicht gefragt?"

„Ich wollte keine unschönen Erinnerungen heraufbeschwören. Ich wollte nur ein paar Dinge wissen, ohne dich dadurch aufzuregen."

„Ich rege mich nicht so leicht auf. Du kannst mich Sachen fragen."

Sie strich mit einem Finger über das Band der Schärpe, das sich über seine Brust spannte und jetzt nicht länger glatt, sondern leicht zerknittert war. „Okay, wie viele Kinder willst du?"

Er lachte leise. „Siehst du? So etwas regt mich nicht auf. Vielleicht sieben."

Pures Entsetzen überkam sie, und sie lehnte sich vom ihm weg, um notfalls davonzurennen. *„Ist das dein Ernst?"*

„Ich glaube, Ana strebt sechs an, also könnten wir auch versuchen, sie um eins zu schlagen. Oder um zwei. Vielleicht sollten wir *acht* haben."

„Das kannst du nicht ernst meinen."

„Möglicherweise ziehe ich dich nur auf, aber würdest du nicht gern ein paar kleine Grafen und Gräfinnen zu Hause herumrennen sehen?"

Rox hielt inne. „Grafen und Gräfinnen? Nicht Prinzen und Prinzessinnen?"

„Angenommen, es ändert sich nichts an der

Erbfolge, wären unsere Kinder Grafen und Gräfin-nen. Ansonsten wäre jeder in den Niederlanden irgendwie ein Prinz oder eine Prinzessin."

„Ich weiß nicht, Mann. Klingt für mich wie ein Deal Breaker."

Er lachte und schüttelte sie dabei in seinem Arm. „Ich glaube, dieser Abend hat meinen Eindruck vom Pavillon komplett umgekrempelt."

Sie beobachtete das Licht- und Schattenspiel zwischen den Blättern, und als sie ihre Hand hoch-hielt, funkelte der riesige Smaragd an ihrem Verlo-bungsring.

„Mir gefällt der Ring wirklich sehr", sagte sie, bewunderte ihn an ihrem Finger und drehte die Hand, um den Lichtschein vom Handy besser einzu-fangen. „Eine gute Wahl."

„Jeder entscheidet sich heutzutage für Saphire, seit William und Kate, oder vielleicht eher seit Diana."

„Es ist seltsam, dass du so selbstverständlich von diesen Leuten reden kannst. William und Kate. Meine guten Freunde Barack und Michelle. Meine Kumpels Beyoncé und Jay Z." *Moment. Casimir war ein verdammter Prinz.* „Hast du sie mal getroffen?"

„Nun, ja, wenn du William und Kate meinst. Die anderen nicht. Den anderen Adel sehe ich bei den meisten sozialen Veranstaltungen. Ich glaube, Wills ist mein Cousin siebten Grades, wenn ich mich richtig erinnere. Vielleicht auch achten Grades."

„Ich weiß, dass Inzucht für die meisten Königsfa-milien kein Fremdwort ist, aber ernsthaft? Du bist mit ihm verwandt?"

Er zuckte mit den Schultern, sprach offensichtlich nicht gern über das Thema. „Durch Wilhelm den

Vierten der Niederlande, einen gemeinsamen Vorfahren, und Anna von Hannover, welche die Tochter von Georg dem Zweiten von Großbritannien war."

„Also kennst du sie wirklich. Herzogin Kate und Prinz William, den Herzog und die Herzogin von Cambridge. Du kennst diese Leute. Du *kennst* sie."

Casimir schaute auf ihre beiden Hände herunter, die ineinander verschränkt auf seinen Knien lagen. „Ich war auf ihrer Hochzeit."

„Ich hätte dich im Fernsehen gesehen!"

„Das war, bevor wir uns kannten."

„Oh mein Gott. Ich muss meine alte Aufnahme rauskramen und sehen, ob ich dich entdecken kann."

„Ich war mitten in der Menge, aber die Kameras haben mich und Ana ein paarmal erwischt. Du kannst die beiden kennenlernen, wenn sie zu unserer Hochzeit kommen."

Sie riss die Hände in die Luft. „Wirklich? Oh mein Gott." Sie fächerte sich Luft zu. „*Nein.* Wirklich? *Nein.* Du willst mich nur veräppeln. *Du machst dich schon wieder über mich lustig!*"

Er lachte. „Wenn sie Zeit haben, werden sie wahrscheinlich kommen."

„Oh, wow." Ja, seine *ganze* Familie würde eingeladen werden. „Muss Willem unbedingt kommen?"

„Mein Bruder muss eingeladen werden. Das besagt das Protokoll."

„Können wir die Einladung versehentlich falsch adressieren? Das funktioniert manchmal."

Casimir lachte. „Das können wir morgen planen. Arthur und Maxence werden natürlich meine Trauzeugen. Hast du jemanden?"

„Brandy, wenn sie die Zeit dafür finden kann. Sie hat viele Verpflichtungen."

Unter ihrer Wange erbebte Casimirs Brust mit Gelächter.

Sie wusste genau, worüber er sich gerade amüsierte. „Ach, hör auf."

„Wer sonst noch? Dein Vater? Die Leute vom Büro? Andere Freunde?"

„Dreimal ja. Ich werde eine Liste machen." Sie lehnte den Kopf an seine Brust.

Hinter den Blättern, die den Pavillon verbargen, schimmerten blassrosafarbene Lichtstrahlen in der Luft.

„Das mit den acht Kindern war nur ein Scherz, oder?", fragte sie.

„Ich habe so an zwei bis vier gedacht, nach gegenseitiger Absprache und angenommen, dass alles gut läuft."

„Das klingt schon weniger verrückt."

Sie schmiegte sich an seine Schulter, spürte seine Arme um sich herum.

Das vermaledeite Handy vibrierte wieder einmal auf der Bank.

„Was zur Hölle ist eigentlich mit deinem Handy los?"

Er zuckte mit den Schultern. Seine Smoking-jacke verschob sich unter ihrer Wange. „Das geht schon den ganzen Tag so. In Kalifornien ist es acht Uhr abends, also vermute ich, dass alle panisch werden, versuchen, mich zu erreichen, bevor es zu spät ist. Lass mich den Flugzeugmodus einschalten." Er griff hinter sich, um nach seinem Telefon zu greifen.

„Sicherlich können nicht alle aus der Kanzlei bereits eine Empfehlung haben wollen."

„Es sind die Klienten."

„Du bist nicht derjenige, der sie hintergangen hat! Sie sollten Val und Josie anrufen."

„Die wurden festgenommen, also werden sie keine Anrufe mehr entgegennehmen."

Rox hielt sich eine Hand an die Brust. „Oh mein Gott!"

„So einflussreich die Studios auch sind, unsere Klienten haben die öffentliche Empörung als Waffe auf ihrer Seite. Die Staatsanwaltschaft hat einige vorläufige Anklagen erhoben, während sie die Angelegenheit untersucht. Nein, die Klienten wollen mich zurück." Er schaltete die Taschenlampen-App aus und hielt das Display hoch, sodass sie die Liste der Textnachrichten im dunklen Pavillon lesen konnte.

„Zurück?" Sie schaute mit verengten Augen auf das Handy runter, der Bildschirm war viel zu grell in der nächtlichen Dunkelheit.

Er nickte. „Die Studios wollen die Verträge neu verhandeln, jeden einzelnen, der durch Vals oder Josies Hände gegangen ist, da die Wahrscheinlichkeit sehr groß ist, dass der jeweilige Schauspieler damit vor Gericht ziehen und ihnen betrügerische Absichten vorwerfen könnte. Demzufolge haben die Studios sowie Plattenfirmen möglicherweise hunderte Filme und tausende Lieder vermarktet, an denen sie keine Rechte besitzen."

Der Pavillon begann, sich um Rox herum zu drehen, und sie hielt sich an der Bank fest. „Du lieber Gott."

„Die Klienten wollen, dass ich meine eigene Anwaltskanzlei gründe. Ich schicke im Moment allen dieselbe Standardnachricht, dass ich sie aufgrund des Interessenkonfliktes in keinem Verfahren, das mit Val und Josie zu tun hat, vertreten kann. Das wäre unethisch."

„Damit sollten sie aufgeben." Rox nickte und rutschte auf der Bank herum.

Sein Handy vibrierte erneut in seiner Hand, und er starrte es an. „„Jetzt bekommen sie schon Schaum vorm Mund. Sie sind wirklich hartnäckig. Obwohl ich ihnen unmissverständlich gesagt habe, dass ich sie unmöglich in dem Fall gegen unsere ehemalige Kanzlei vertreten kann, kennen ihre Bestechungsversuche keine Grenzen."

„Das klingt nicht so schlimm."

„Sie wollen, dass ich ihre Verträge mit den Studios und Plattenfirmen neu verhandle."

Rox drehte sich zu ihm um. „Und das ist schlecht, weil?"

„Ich bin mir nicht sicher, ob ich nach Kalifornien zurückkehren kann. Und wenn ich zurückginge, würde meine Schwester mir eine Heerschar hinterherschicken. Sie meint es gut."

Rox tippte mit einem Finger gegen ihr Kinn. „Also könnten wir nach Hause zurück."

„Die Security wäre erdrückend. Wechselnde Schichten. Gepanzerte Wagen mit Chauffeur. Es ist wirklich keine Art zu leben."

„Wie wäre es, wenn wir an einem Ort wie New York leben würden?"

„Wahrscheinlich geringfügig weniger Security. Meine Schwester nimmt Bedrohungen und Anschläge nicht auf die leichte Schulter."

„Aber du wurdest angegriffen, als diese Kerle noch glaubten, du wärst nur irgendein unwichtiger

Anwalt in der Unterhaltungsindustrie. Sie dachten, dass du nicht die Ressourcen hättest, um dich zu verteidigen. Wussten Val oder Josie von deinen ‚dynastischen Problemen‘?"

„Du hast also herausgefunden, was Arthur damit gemeint hat."

„*Offensichtlich*. Und?"

„Ich habe große Bemühungen unternommen, um sicherzugehen, dass niemand davon wusste. Als ich mich direkt nach dem Jurastudium auf die Position in der Kanzlei beworben habe, habe ich meine Professoren und andere Referenzpersonen gebeten, Val und Josie umgehend anzurufen. Ich habe die Zeugnisse von der Yale Law School sofort rüberschicken lassen, bevor sie danach fragen konnten. Sie haben überprüft, ob ich Vorstrafen hatte und wie es um meine Bonität bestellt war, beides kein Problem."

Ja, Rox wettete, dass seine Bonität mehr als hervorragend war. „Also wussten Val und Josie nie etwas davon. Monty und seine Partner wussten nie davon. Sie hielten dich bloß für einen stinknormalen Anwalt. Sie werden sich wahrscheinlich in die Hose machen, wenn sie herausfinden, dass sie falschlagen. Oh, was würde ich nicht dafür geben, eine Fliege an der Wand in Montys Büro zu sein, wenn er sieht, wie du mit Kommandosoldaten und Scharfschützen zurückkommst und in einem waschechten Panzer durch Los Angeles rollst."

Casimir lächelte. „Das würde die Situation definitiv ändern."

„Kannst du dir das vorstellen? Monty würde in seinem Büro sitzen, an diesem langen, dämlichen Konferenztisch. Dann fliegt die Tür auf und eine Truppe schwerbewaffneter Kommandosoldaten in schwarzen Uniformen stürmen ins Zimmer, werfen ihn zu Boden und tasten ihn ab, bevor sie ihn zurück auf seinen Stuhl stoßen. Dann spazieren wir rein und erzählen ihm, dass wir mit ihm über gewisse Klauseln in seinen Verträgen reden müssen."

Jetzt lachte er leise. „Der Ausdruck auf seinem Gesicht wäre unbezahlbar."

„Und wenn er dann beginnt, Zeit zu schinden, und behauptet, wir wären verrückt, weil wir glauben, dass der Vertrag anders aussehen sollte, hebst du einen Finger und alle Soldaten richten in einer koordinierten Bewegung ihre Waffen auf ihn. Und dann zerbricht sein Wasserglas, weil ein Scharfschütze von draußen darauf geschossen hat."

Casimir legte eine Hand auf seinen Bauch, weil er heftig lachen musste. „Er würde mir fast leidtun."

Rox schaute in die Dunkelheit hinaus, malte sich etwas noch Schlimmeres aus. „Und nachdem er die Verträge unterschrieben hat, würden wir die Fenster seines Büros aufsprengen und an die herunterhängenden Seile eines auf uns wartenden Helikopters springen, der uns dann hochzieht."

Casimir krümmte sich japsend zur Seite und flehte: „Oh mein Gott. *Hör auf.* Bitte, *hör auf.*"

Rox schlang einen Arm um seine Taille und umarmte ihn, obwohl sie selbst heftig kicherte und beinahe auf der Bank lag. „Genau so werden wir es tun."

Kapitel Fünfundzwanzig

DIE AMSBERG-ANWALTSKANZLEI

*D*as zeremonielle Banddurchschneiden fand in einem Wolkenkratzer in Los Angeles statt, im Büro der neuen Anwaltskanzlei, die sich über das ganze Stockwerk erstreckte. Das Sonnenlicht des kalifornischen Frühlings strömte an zwei Seiten durch die Glaswände der Lobby herein.

Rox hatte die Zeremonie draußen an der frischen Luft abhalten wollen, aber Lachlan und die anderen Leute vom Sicherheitspersonal hatten erst davon abgeraten, dann dagegen argumentiert und schließlich offen heraus verkündet, dass es ausgeschlossen wäre. Obwohl es keine weiteren Vorfälle gegeben hatte, seit Casimir und Rox nach Kalifornien zurückgekehrt waren, und obwohl dutzende Verhaftungen stattgefunden hatten, nachdem Val und Josie begonnen hatten, die Namen der anderen Personen zu nennen, die an dem Betrug ihrer Klienten beteiligt gewesen waren, wollten Ana und Casimir sicherheitshalber Vorsicht walten lassen.

Besonders seit Rox bemerkt hatte, dass sie schwanger war.

Das hatte sie nur ein paar Tage, nachdem das holländische Parlament seine offizielle Zustimmung gegeben hatte, dass Casimir sie heiraten durfte, ohne seinen Platz in der Thronfolge zu verlieren. Sobald die Regierung dem Parlament den Antrag vorgelegt hatte, war er innerhalb von Stunden bewilligt worden. Selbst Ana war überrascht gewesen, wie reibungslos die Sache abgelaufen war. Es war nicht einmal ein Empfang für die Abgeordneten nötig gewesen, damit sie Rox kennenlernen konnten.

Es war, als wäre es im Interesse aller, dass Casimir und seine hypothetischen, zukünftigen Kinder in der Erbfolge blieben.

Nachdem sie den Segen des Parlamentes erhalten und angedeutet hatten, dass es eher früher als später einen Zuwachs zur königlichen Familie geben könnte, hatte Ana darauf bestanden, die Hochzeit innerhalb eines Monats zu planen und abzuhalten.

Es war beinahe so, als hätte Ana ein persönliches Interesse daran, dass die königliche Familie so bald wie möglich ein neues Mitglied bekam, das auch in der Erbfolge stand.

Jedes Mal, wenn die Kronprinzessin Rox sah, begann sie freudig zu quietschen und fragte, ob sie schon etwas spüren konnte, obwohl sie von ihren eigenen vier Schwangerschaften wissen musste, dass es dafür noch zu früh war.

Sie jubelte Rox auch immer wieder Babyklei-dung unter. Wirklich gute Babykleidung.

Und Schmuck. Sie bestand darauf, dass Rox Diamanten brauchte, die sie zu staatlichen Veranstaltungen tragen konnte, auch wenn Casimir nur unter Bitten und Betteln Einladungen annahm. Allerdings wurde er langsam besser, was dieses Thema anging. Mit Rox an seiner Seite passierte es öfter als zuvor, dass ein echtes Lächeln seine dunkelgrünen Augen erreichte.

Also hielten Casimir und Rox an diesem schönen kalifornischen Frühlingstag, bei der Eröffnung ihrer Anwaltskanzlei, gemeinsam die übergroße Schere und zerschnitten das orangeblaue Band in der Lobby, um offiziell die Amsberg-Anwaltskanzlei zu eröffnen.

Rox hatte die Kanzlei Amsberg und Amsberg nennen wollen, aber Casimir hatte sich auf die Unterlippe gebissen und ihr die Anwaltskanzleiethik erklärt: Nach den Regeln der beruflichen Verantwortung konnten nur lizenzierte Anwälte eine Partnerschaft formen und im Namen der Kanzlei erwähnt werden. Rechtsassistenten und andere Anwälte konnten von der Kanzlei angestellt werden, aber Rechtsassistenten durften sich nicht finanziell an der Kanzlei beteiligen.

Nachdem Rox' Wutanfall vorüber war, hatte Casimir ihr erklärt, dass sie im Ehevertrag festhalten würden, dass ihr fünfzig Prozent der Anteile an dem Unternehmen zustanden, dem die Anwaltskanzlei gehören würde.

Und nachdem sie einen weiteren Wutanfall darüber gehabt hatte, dass es einen Ehevertrag geben würde, hatte Casimir ihr versichert, dass die halbe Beteiligung an der Anwaltskanzlei einer der wenigen inhaltlichen Punkte wäre und abgesehen davon ihr gesamtes Vermögen als Gemeinschaftseigentum betrachtet werden würde.

Einschließlich der Katzen.

Falls sie sich jemals scheiden lassen sollten, wollte Casimir das alleinige Sorgerecht für Pirate.

Nach diesem Wutanfall, der erst endete, als Rox ihm drohte, biblisch zu werden, einigten sie sich auf ein gemeinsames Sorgerecht für die Katze.

Wie für alle ihre Kinder.

Also überarbeiteten sie den Ehevertrag dahingehend, dass es ein gemeinsames Sorgerecht für ihre *vier* Katzen geben würde.

Nach ihrer Hochzeit in den Niederlanden und den Flitterwochen auf den Fidschi-Inseln hatte Casimir darauf bestanden, dass sie vorerst in einem neuen Haus wohnten, während die Villa zu einer Festung mit der besten Security umgebaut wurde. In der Zwischenzeit hatte Casimir Rox weiterhin regelmäßig ins Tierheim begleitet, wobei es ihr allerdings nicht mehr erlaubt war, die Katzenklos zu säubern, sondern nur noch Verwaltungsarbeit oder Spaziergänge mit den ruhigeren Hunden zu machen.

Casimir hatte seine Beziehung zu Fairy Dust gefestigt, der winzigen Katze, die alle für wild gehalten hatten, die ihn aber vergötterte.

Nach einem Monat hatte er sie dann mit nach Hause gebracht.

Rox gab Midnight heimlich extra Garnelen-Leckerlis für seine Loyalität.

Während des Empfangs in der Amsberg-Anwaltskanzlei, am offiziellen Eröffnungstag, ruhte Rox sich ein paar Minuten in ihrem riesigen Büro aus, bevor sie sich wieder in die Menschenmenge hinauswagte. Die bequemen Sofas im Sitzbereich luden zum Verweilen ein. Die kissenweiche Polsterung war ein Segen für ihren wunden Rücken.

Sie legte eine Hand auf ihren wachsenden, runden Bauch.

Noch drei Monate.

Es klopfte an der Tür in der Seitenwand ihres Büros.

„Herein, Schatz", rief Rox.

Casimir steckte den Kopf durch den Türrahmen, der ihre angrenzenden Büros miteinander verband. Die Wange mit den zwei Narben war ihr zugewandt. Die Stellen waren mittlerweile blass und verheilt, aber immer noch sichtbar. „Versteckst du dich hier drinnen?"

„Ich bewundere nur mein neues Büro."

Tatsächlich hatte ihr neues Büro alles, was man sich wünschen konnte: eine Sitzgruppe mit Sofas und einem Couchtisch, einen riesigen Schreibtisch, der selbst einem hochangesehenen Rechtsanwalt würdig wäre, sowie eine Krippe und einen Schaukelstuhl in der Ecke.

Casimir ging zu ihr rüber und setzte sich neben sie, hob ihre Füße auf seinen Schoß und rieb über die wunden Stellen auf ihrem Fußrücken. Sie stöhnte und ließ ihren Kopf zurückfallen.

„Die ersten Champagnerflaschen wurden bereits geköpft", sagte er.

„Zwei Stunden zu früh. Sollen wir Wren losschicken, um mehr zu besorgen?"

„Als ich sie das letzte Mal gesehen habe, hat sie mit einer Zwei-Liter-Flasche davon auf dem Tisch getanzt."

„Wie reizend. Unsere seriöse und professionelle Büroeröffnung ist zu einem Vorwand für ein Trinkgelage am helllichten Tag verkommen."

Er lächelte. „Bei unseren Mitarbeitern wird nach

jeder Büroparty eine Taxiflotte nötig sein, damit alle sicher nach Hause kommen."

Jemand klopfte an die Tür, die zum Hauptraum führte.

Rox schaute auf die Uhr: zwei Uhr nachmittags.

„Komm rein, Lachlan!"

Der Sicherheitsmann schob den Kopf herein und schaute zu ihnen, musterte den Raum, bevor er sagte: „Ich danke Ihnen, Ma'am." Damit zog er sich wieder zurück und schloss die Tür hinter sich.

Casimir fuhr damit fort, ihren Fußrücken und ihre Fußgelenke zu massieren.

Die Securitychecks waren nicht erdrückend, aber konstant.

„Komm schon", sagte Casimir und kitzelte sie unter den Füßen. Rox zuckte zusammen und zog ihre Füße von seinen Händen weg. „Lass uns für ein paar Minuten zurückgehen. Die Klienten vermissen uns sicher schon."

Rox ließ es zu, dass er sie auf die Beine hochzog, und quetschte ihre geschwollenen Füße zurück in ihre flachen Pumps. Zumindest hatte sie für ein paar weitere Monate eine gute Ausrede, um keine Absätze tragen zu müssen.

Draußen im Bürobereich setzte sie sich zu Melanie, Wren und dem Rest ihres Mittagessen-Clubs aus der alten Anwaltskanzlei. So ziemlich jeder, der zur neuen Anwaltskanzlei wechseln wollte, hatte einen Job bekommen, was bedeutete, dass die Arbeit beinahe ohne Pause weitergegangen war, nachdem sie und Casimir von ihren Flitterwochen zurückgekehrt waren.

Alles war so, wie es sein sollte, nur mit besserer Security, schöneren Büroräumen und ohne weitere

Scharfschützen, Brandbomben oder inszenierte Autounfälle.

Sie beobachtete, wie Casimir leichtfüßig durch die Menge schwebte, Leute begrüßte und lachte, Hände schüttelte und auf Rücken klopfte.

In Kalifornien war er wirklich jedermanns Freund und der Mittelpunkt jeder Party. Und jetzt, wo er offensichtlich nicht mehr zu haben war, behandelten ihn die weiblichen Mitarbeiterinnen mehr wie einen Menschen und weniger wie ein Stück Fleisch.

Er kam wieder in Rox' Richtung zurück, schaute ihr in die Augen, während sich noch einige Leute zwischen ihnen befanden, wurde dann jedoch von einer Klientin abgefangen, die ihn seit über einem Jahr nicht mehr gesehen hatte, seit dem letzten Vertrag für ihre romantische Komödie. Sie berührte seine Wange nahe dem Narbengewebe und schürzte ihre üppigen Lippen. „Guter Gott, Cash. Was ist Ihnen denn da passiert?"

Casimir grinste die Frau an und schaute zu Rox rüber. „Das ist eine wundervolle Geschichte. Die erzähle ich Ihnen gerne."

Rox legte lächelnd eine Hand auf ihren Bauch.

Gräfin Juliana trat von innen gegen ihre Handfläche.

WAS KOMMT ALS NÄCHSTES?
Es War Einmal von Blair Babylon

Registriere dich sich für
Blair Babylons E-Mail-Liste in deutscher
Sprache!

Bleibe informiert über Neuerscheinungen, spezielle Rabatte, und Werbegeschenke von Blair Babylon! Blairs Deutsch ist sehr schlecht, aber es wird Links zu neuen Büchern geben.

https://www.subscribepage.com/blairde
im Webbrowser deiner Wahl.

Erste Edition: October, 2020

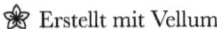 Erstellt mit Vellum